黒天狗の許嫁

李丘那岐

19051

角川ルビー文庫

目次

口絵・本文イラスト／北沢きょう

序　二十歳の少し前

忘れない景色がある。

どうしても帰りたい場所がある。

そこに帰るために、今を生きている。

大学の校舎の三階。窓際《まどぎわ》の一番後ろが高梨優眞《たかなしゆうま》の特等席だ。ここが一番見晴らしがいい。

秋空にはうろこ雲。遠い山の稜線《りょうせん》までよく見える。あの山か、あの山か……と、思いを馳《は》せるだけで心が浮《う》き立つ。そこで営まれている生活を想像すると、少し寂《さび》しくなる。

黒い翼《つばさ》は今日も自由に天を翔《かけ》ているのだろうか――。

空想上の生き物だと思っていた。伝説なんてしょせん作り話だ。現代文明に埋《う》もれて普《ふ》通《つう》に生活していると、あれは夢だったのかもしれないと思う。

こうして記憶《きおく》は曖昧《あいまい》になり、人の世界に馴染《なじ》んでいくのだろう。きっとそれでいいのだ。

でも、どうしても忘れたくないと心が叫《さけ》ぶ。絶対に帰りたいと。

あの温かい場所にもう一度――。

「ねえ高梨くん、今夜飲み会があるんだけど、来ない？」

掛《か》けられた女性の声に、遠く山の向こうへと馳せていた心が戻《もど》ってくる。振《ふ》り返れば女性が二人立っていた。笑顔《えがお》だが少し緊張《きんちょう》気味だ。

「ごめん、バイトがあるんだ」

優眞は愛想《あいそ》よく断った。彼女たちは、残念……と言いながらも、ホッと肩《かた》の力を抜《ぬ》いた。はたして来てほしかったのか、そうじゃないのか、よくわからない。飲み会なら気の合う者同士で気楽に楽しめばいい。自分のようにまだ飲めないし、たいして喋《しゃべ》りもしない奴《やつ》を誘《さそ》っても、楽しくなるとは思えない。

でも、誘ってくれるだけありがたい。自分を見て、話しかけてくれる。それがすごく貴重なことだということは忘れていない。昔の自分ならきっと喜んで、それからなにか裏があるんじゃないかと疑って、結局は行かないで後悔《こうかい》する、というような面倒《めんどう》くさい堂々巡《どうどうめぐ》りをしていただろう。

今はなにも恐《おそ》れず、自分の言いたいことをちゃんと言える。

「そっか。バイトってなにしてるの？　私もバイト探してるんだけど……高梨くんならカフェとか似合いそうだよね」

「あー、カフェエプロンとかしてるとこ、見たいー」

腰《こし》細いから似合いそうだよね、美形店員だよね、などと二人は盛り上がる。

「野菜の選別作業」

「え?」

「青果市場で働いてるんだ。早朝だから夜更《よふ》かしはしないようにしてる。大学が始まるまでには終わるんだけどね」

「え、あ、そうなんだ……すごいね」

なにがすごいのかわからないが、みんなそういうことを言う。大学生のアルバイトとしては一般的《いっぱんてき》でないのかもしれない。

「あ、あの……、高梨くんって、彼女、いるの？」

その質問は大学に入って二年目で何回目だろう。

「彼女はいないよ」

答えはいつも同じだ。片方の女性がもうひとりの女性の肘《ひじ》を小突《こづ》き、小突かれた方が意を決した様子で目を向けてくる。この光景ももう何度も見た。

「僕、好きな人がいるんだ。大学を出たら結婚《けっこん》するつもりだから」

その後に来る言葉を予想し、先に言った。好きな人がいると言ったことはあるが、結婚すると言ったのは初めてだ。

それは今のところまったくの嘘《うそ》だが、気持ち的には嘘じゃない。

「えええ!?　ほ、本当に？」

「僕はそのつもり」

「へ、へえ……そ、そうなんだ……すごいね」

すごいね、は彼女の口癖《くちぐせ》なのかもしれない。

「あー、だから高梨くんって、大人っぽいんだ」

もうひとりの女性が妙《みょう》に納得《なっとく》したように言った。

「僕が？　大人っぽい？」

驚《おどろ》いて、そして笑ってしまう。自分が大人っぽいと言われる日が来るなんて、ほんの数年前には思いもしなかった。人生はなにが起こるかわからない。

「え、だって雰囲気《ふんいき》が落ち着いてるっていうか、動じないっていうか……。まあ、顔は可愛《かわい》い……んだけど」

顔をチラチラ見ながら言われて、思わずクスッと笑ってしまう。可愛いと言われて、少しホッとしている自分に。昔は可愛いと言われるのが嫌《いや》で嫌でしょうがなかったのに。

優眞の笑顔を見た二人は、顔をほのかに赤くして手を取り合い、今度は好奇心《こうきしん》を剝《む》き出しにして迫《せま》ってくる。

「結婚するって、みんな知ってるの？」

「知らないよ。今初めて言ったから」

「ええ、いいの⁉　それ言っちゃっていいの⁉」

「いいよ、別に」

「あ、相手はどんな人なの？　うちの大学の子？　それともやっぱり歳上《としうえ》の女なの？」

なにがやっぱりなのか。歳上の女がいるという噂《うわさ》でも流れていたのだろうか。

「内緒《ないしょ》。うちの大学の人じゃないよ」

相手を訊《き》かれて思い描《えが》くのは黒い影《かげ》。ぼんやりとした残像。歳上かどうかどころか、顔も名前も判然としない。最近は、もしかしたら妄想《もうそう》なのかもしれない……なんてことを思ったりもする。

「でも、とても素敵《すてき》な人だよ」

なのになぜか自信満々で言っていた。平気で嘘をつく人間になってしまった、とは思いたくないのだけど。

優眞はまた山の方へと目を向けた。

里に行くことができればわかるはずなのだ。自分は嫁《よめ》になると約束した。誰《だれ》かと。確かに。

男なのに嫁というのがそもそもおかしくて、夢だったんじゃないかと疑う自分と、それを強く頑固《がんこ》に打ち消す自分がいる。

もうすぐ二十歳になるというのに、現実と夢と妄想の境目がよくわからない。

普段《ふだん》からちょっと心ここにあらずで、おかしな受け答えをしては、不思議ちゃんだと言われた。中学の優眞を知っている者がいれば、その理由をこう言っただろう。

あいつは神隠《かみかく》しに遭《あ》ったから。

十四歳から十七歳までの三年と少し。優眞は消えていた。自宅マンションの十階から忽然《こつぜん》と姿を消した。

帰ってきた時、その間のことはなにも覚えていないと言った。言っても誰も信じないと思ったし、言いたくなかった。

あれは自分だけの宝物。

あの空の向こうには黒い翼を持つ者たちが暮らしていて、自分はそこでとても幸せだった。

いつか絶対に帰る。

そこには自分を待っている人がいるはずだから——。

十四歳の飛翔

中学生の頃《ころ》、優眞はいつも独りだった。

いつもうつむいてコソコソしていた。独りでいるのが好きだったし、人に見られるのが怖《こわ》かった。自分が薄汚《うすぎたな》いもののように思えていたから。

目も耳も塞《ふさ》いだつもりでも、陰口《かげぐち》は聞こえてきた。女みたいな変な奴《やつ》と言われても反論はできなかった。

髪《かみ》はセミロングのおかっぱで、目のぱっちりした女顔が詰《つ》め襟《えり》の学生服を着ているのだ。なにか言いたくもなるだろう。違和感《いわかん》は優眞自身強く抱《いだ》いていた。

言い返せないけど悲しくて、言った相手をじっと見つめると、眉間《みけん》に皺《しわ》を寄せて目を逸《そ》らされた。「見るなよ、気持ち悪い」なんてことを言われてまた傷ついてうつむく。

でも幸か不幸か、殴《なぐ》られたり蹴《け》られたりのいじめには遭わなかった。

学校ではただただ孤《こ》独《どく》。そして家に帰ると、地獄《じごく》。

母親は優眞が十歳の時に家を出ていった。その一番の原因は、父親の息子《むすこ》への異常な執着《しゅうちゃく》と偏愛《へんあい》。

「優眞は男の子なのよ！　あなたなんなの!?　おかしいわよ、気持ち悪いのよ、変態！」

耐《た》えきれなくなった母がそう父を罵《ののし》った時、すでに家庭は壊《こわ》れていた。

それからは毎日のように罵り合いが続き、父は母に暴力を振るうようになり、母はヒステリックに泣き叫《さけ》んだ。そんなことが、母が出ていくまで一年ほども続いた。

最初は優眞を庇《かば》っていた母も、そのうち「おまえが悪い」という目で優眞を見るようになった。

おまえがそんな変な容姿でさえなければ……。憎悪《ぞうお》と悲哀《ひあい》の混じった視線が忘れられない。

母が出ていって、優眞は少しホッとしたのだ。これでもう醜《みにく》く傷つけ合う両親を見なくて済むと。

でもそれから、違《ちが》う地獄が始まった。母という歯止めがなくなり、父は壊れたまま暴走しはじめた。

家の中ではミニスカートを穿《は》くこと。家事をすること。髪は勝手に切ってはいけない。父の好む髪型《かみがた》にすること。父の要求はすべて受け入れなくてはならなかった。少しでも気に入らないことをすれば殴られた。

可愛がられているわけじゃない。見た目が気に入っている玩具《おもちゃ》。反抗《はんこう》する腕力《わんりょく》も財力もない、従順な奴隷《どれい》。

小さくなってうつむいて、ただ日々をやり過ごした。父の顔色を窺《うかが》って、自我を押し殺し、ただ穏便《おんびん》な毎日を望んだ。

教師に突破口《とっぱこう》を求めてみたこともある。腕《うで》の痣《あざ》はどうしたのかと訊かれて、父親に叩《たた》かれたと正直に言った。

でも父は、一流大学を出たエリート商社マンで、人としては最低だが、社会的信用もあり、弁が立った。家庭訪問に来た教師も、帰る時には「いいお父さんじゃないか、困らせたら駄目《だめ》だぞ」なんてことを言った。そして折檻《せっかん》はより陰湿《いんしつ》になる。

「おまえには俺しかいないんだ、助けを求めても無駄《むだ》だ」

その通りだった。みんな自分が一番大事なのだ。母親だって教師だって人間で、人間は自分のために生きている。誰にも期待してはいけない。自分でなんとかするしかない。

でも、十四歳にできることなんてたかが知れている。父も母も、教師も、同級生も、その親も……全部滅《ほろ》んでしまえ、と呪《のろ》うことくらい。そんな自分に嫌気が差していた。

父はいつも午後七時頃《ごろ》には帰ってきた。優秀《ゆうしゅう》な人間は仕事が速く、帰りも早い、らしい。

「お父さん、お帰りなさい」

可愛い少女の格好をして、笑顔《えがお》で出迎《でむか》える。もっと仕事してこいよ、なんて思っていることはおくびにも出さない。手料理をテーブルに並べ、どうぞ召《め》し上がれと、小首を傾《かし》げる。

すべて父の要求通り。完璧《かんぺき》にこなせば父の機嫌《きげん》はよくなる。

大変な仕事をしているから、家ではなにひとつ嫌な思いをしたくない。養われている子供が従うのは当然のこと。その言い分はわからなくもないが、要求はただの変態だった。

思春期真っ直中《ただなか》の男子は真っ赤なミニスカートなんて穿きたくない。髪をツインテールに結びたくない。そんな自分を見れば吐《は》き気がする。

それでもやるのは、殴られたくないから。穏便に時を過ごすため。

優眞は基本的に、やれと言われたことは完璧にこなせてしまう優秀ないい子だった。

フラストレーションは内に内に溜《た》まっていく。

硬《かた》いガラスでできた人形は、その内側に黒いガスを限界まで溜め込んでいき、変わらない笑みをたたえたまま、ある日突然《とつぜん》パンッと爆発《ばくはつ》する。パリンと砕《くだ》け散る。

きっかけは些細《ささい》なことだった。食事を終えた父が酒を飲みはじめ、アルコールの入った父が嫌《きら》いな優眞は、食器を洗って早々に自室へと引き揚《あ》げようとした。

「僕、宿題してくるから」

「僕?」

父の前では男言葉を禁止されていた。しかし失言を指摘《してき》されたその瞬間《しゅんかん》、限界を超《こ》えた。

「僕は僕だよ。男なんだ、女の子じゃないんだ。私なんて言わない、スカートなんて穿かない！　お父さんなんて嫌いだ、気持ち悪い！」

張り詰めていたガラスは砕け、黒い言葉が噴《ふ》き出した。

「なんだと⁉　父親に逆らうな！」

父は激昂《げっこう》し、優眞に手を上げた。

結局それなのだ。女の子みたいで可愛《かわい》いとかそういうことより、ただ支配したいだけ。自分の思い通りに動く可愛いお人形が欲しいだけ。

殴られても蹴られても、もうガラスの人形には戻《もど》れなかった。

意固地になっていると、二月の寒空の下、ベランダに放《ほう》り出された。

ごめんなさい、と嘘泣《うそな》きをし続ければ、そのうち中に入れてもらえるだろう。そしてまた虚《うつ》ろな日々が繰《く》り返されるのだ。

それがどうしようもなく嫌《いや》だった。

マンションは十階建て、部屋は最上階。周囲に遮《さえぎ》る物はなく、とても見晴らしがいい。

いつも風が強くて、泣いても叫んでも、その声は誰の耳にも届かなかった。

寒空に子供を放り出して、暖かい部屋のソファの上で熟睡《じゅくすい》している父。それに背を向けて、優眞は暗い隅《すみ》に小さくなって座る。

「かーらーすーなぜなくのー、からすはやーまーにー」

手摺《てす》りの間から、遠く山の稜線《りょうせん》が見える。夜空には細い下弦《かげん》の月。空と山の境目はもう曖昧《あいまい》だ。

朝までここにいたら、きっと自分は死ぬだろう。でもそれは全然怖くない。怖いのは、朝が来て、また同じ毎日が繰り返されること。

「かーわいーい、なぁなぁつーの、子があるかーらーよ……」

眼下には街の灯《ひ》がキラキラ光っていた。光の数だけ生活があって、幸せな人もいればそうじゃない人もいる。自分より不幸な人だってきっといる。

でも、もうそんなのはどうでもいい。他《ほか》の人がどうやって生きているのかなんて、参考にも励《はげ》みにもならない。

恨《うら》む気力はなく、捨てることに躊躇《ちゅうちょ》はなかった。

優眞はふらりと立ち上がる。

手足の先がかじかんでいて、自分が先端《せんたん》から死んでいってるように感じた。吐く息は白く、赤いスカートがひらひらと風に揺《ゆ》れた。

なんでこんなの穿いてるんだろう……。自分の細い足を見て思う。首筋がスースーするツインテールも解いた。

「かーわいー、かーわいーと、からすはなくの……」

いつからか、父に可愛いと言われるとゾッとするようになった。スカートを穿いて従順にしている自分が気持ち悪かった。

でもきっと、ちっとも男らしくならない、成長しない自分が悪いのだ。

「やーまーのー、ふにゃららへー、いってみてごらんー」

ベランダの塀《へい》の上によじ登る。手摺りのところではなく、コンクリートのところ。幅《はば》は十五センチくらい。

その上に立って、手を真横に広げると、強かった風がピタリとやんだ。殴《なぐ》られて熱を持った頰《ほお》の横だけ、冷たい風がふわりと通り抜《ぬ》ける。風だけが自分に優《やさ》しくしてくれる。

「まーぁるーい、めぇを、しーた、いーいー子ぉだ……」

最後の最後で声が詰《つ》まった。

ずっといい子にしてきたのに、なにがいけなかったんだろう。

勉強も運動も頑張《がんば》った。外面《そとづら》もよくして、馬鹿《ばか》みたいな言いつけもちゃんと守った。でも、いいことどころか、嫌なことしかなかった。

自分の周りには誰もいない。自分でさえ不要だと思う自分を、必要とする人なんているわけがない。いなくなっても誰も困らない。

だからもういい子になんてしない。最後くらい自分の好きにする。

鳥のように自由に空を飛ぶ夢を何度も見た。それはとてもリアルな夢で、目覚めてベッドにいる自分に落胆《らくたん》した。

もう目覚めない。空を飛んで、終わりにする。

「さよなら」

ガクガク震《ふる》える足に最後の力を込めて、踏《ふ》み切った。自分でも驚《おどろ》くほど躊躇なく、中空に飛び立つ。

絡《から》みついていたしがらみを置き去りにして、腕の中にキラキラした街の光を手に入れる。

しかしそれも一瞬《いっしゅん》。重力に引っ張られて落下する。地面に叩《たた》きつけられれば、すべて終わり。身体《からだ》が軽い。心が解放される。

――ひとつくらい……。

いいことがあってもよかったんじゃないか。

最後の最後に、生への未練がひとしずく。

でも、もう遅《おそ》い。

すべてを諦《あきら》めた時、ビュウッと強い風が吹《ふ》いて、ふわりと身体が浮《う》いた。

いつまで経《た》っても地面に叩きつけられる衝撃《しょうげき》が訪《おとず》れない。閉じていた目を恐《おそ》る恐る開ければ、街の光が遠くなっていた。

「わあ、飛んでる……」

もう死んだのか。よかった。痛みを感じなくて――。

そんなことを思ってホッとした。

「おい、おまえ」

頭上から声がして、首を傾げて見上げれば、男の顔があった。

黒い髪《かみ》。グレーの瞳《ひとみ》。鋭《するど》い眼光。ちょっと見ないくらいの男前だ。その背後で、ファサッ、ファサッと動いているのは……黒い、翼《つばさ》？

「えーと、天使、じゃなくて、悪魔《あくま》？」

やっぱり死んだのだ。自殺だから地獄《じごく》行きはしょうがない。でも、こんなふうに抱《だ》きかかえられて飛んでいけるのなら悪くない。

「どっちでもねえよ。おまえはまだ生きている」

「生きてる？　え？　いやいやいや……」

生きているならこれは夢か。朝になればまたベッドで起きるのか。死よりもそちらに恐怖《きょうふ》する。

「おまえの命の火はまだ燃え尽《つ》きていない。勝手に消すな」

「別に、消えても誰も困らないし……」

「誰かが困るから生きるんじゃない。生まれたからには、命が尽きる時まで生きる。そういう決まりだ」

「でも、僕はもう生きていたくないんだ……」

「それでも生きろ」

「無理」

「無理なわけあるか。ただ生きるだけのことに、人間はうだうだと面倒《めんどう》くさいことを考えすぎる」

「だって面倒くさいんだよ。……生きるのは、本当に……。僕は鳥に生まれたかったな」

悠々《ゆうゆう》と空を飛んで、遠く高みから人の営みを見下ろし、自分の力で餌《えさ》をゲットして、強い鳥とか猫《ねこ》とかから逃《に》げる。単純に生きたかった。

「鳥だってわりといろいろ大変なんだ」

その声に若干《じゃっかん》の悲哀《ひあい》がにじんだ。人ならぬ者にもなにかいろいろあるらしい。

「それでも死のうなんてことは考えない。生き延びる方法だけを考える」

「僕だってそれは考えたけど……」

空からの景色は見慣れなくても、どんどん近づいてくるのが、自分が飛び降りたベランダだということはわかった。周りにあまり高い建物がないからわかりやすい。

「放して！　僕はもう家には戻《もど》らない。ここで落として！」

しっかりと抱《だ》かれた腕《うで》の中で、がむしゃらに身を捩《よじ》る。

「生きろ」

「嫌だよ！　もう僕は、痛いのも寒いのも、寂《さび》しいのも惨《みじ》めなのも、全部全部嫌《いや》なんだ！」

するりと腕の中から抜け落ちて、一気に落ちていく。

しかし怖《こわ》いとは思わなかった。現実味はなくて、どんどん地面が近づいてくると、人のいないところに落ちなくては、という変な理性が働いた。でもうまくコントロールできない。

必死になっていると、急に落下が止まり、首がギュッと絞《し》まった。

「グエッ」

服の後ろ襟《えり》を摑《つか》まれて、体重と重力が首の一点にかかる。

「とんだじゃじゃ馬だな。そんだけ元気なら生きられるだろう」

「こ、殺す、気……」

「ああ、人間はこれで死ぬんだったか。しかし、飛び降り自殺はよくて、絞殺《こうさつ》は嫌なのか。贅《ぜい》沢《たく》な奴《やつ》だ」

そう言って襟から一旦《いったん》手を離《はな》すと、落ちかけたところを抱き直した。今度は対面に腰《こし》を抱かれ、優眞は思わず目の前の身体に抱きついた。

「く、苦しいと、もがくのは本能だよ……。僕は……生きていたくないけど、別に死にたいわけじゃなくて……でも、生きるのが嫌なら死ぬしかないじゃないか」

しがみついて本音をこぼす。生きられるものなら生きたい。でもその方法がわからない。

「なぜ、生きたくない？」

「お母さんには捨てられて、お父さんには殴られるし、蹴《け》られるし……。いろいろ頑張ってみたけど、苦しくて、辛《つら》いばかりで、なんにもなくて……。僕は僕でいたらなんの価値もない、道端《みちばた》に転がってる石みたいなものなんだ」

実のところ一番辛いのは、本当の自分を見てくれる人が誰《だれ》もいないということ。路傍《ろぼう》の石なら、思考力なんて持ちたくなかった。

「石か……。おまえの声は俺の耳に届いたけどな」

「声？」

「風に乗っておまえの声はよく聴《き》こえた。歌ってただろう？」

「あ……うん。ベランダって他《ほか》にすることないし……」

父にお仕置きだとベランダに出されるたびに歌っていた。別に歌が好きなわけではない。いろいろ考えるとくじけそうになるから、少しでも気を紛《まぎ》らそうと歌っていただけ。

「女の声だと思っていたんだが……おまえ、男か？」

声変わりしていない高い声も優眞のコンプレックスのひとつ。顔も身体も男っぽいところはひとつもなく、女としてならそこそこのレベル。声も顔も、女としてなら褒《ほ》められる。

「そうだよ、僕は男だよ！　父親が変態で、家では女の格好してないと殴られるんだ！　顔は女みたいで、声も高くて、ちっとも男らしくならない。僕はたぶん、生まれるのを間違《まちが》えたんだ」

男の鋭い目にも臆《おく》する気持ちは生まれなかった。もうなにも恐れることなんてない。

「なるほど。でも、神は間違えない。おまえがそう生まれてきたのにはきっと意味がある」

「どんな意味？　女の子より可愛《かわい》いなんて言われても、しょせん紛《まが》い物なんだ。意味なんてあるわけないよ。せめて声くらいもっと低くなれば、お父さんは愛想《あいそ》を尽かしてくれると思うんだけど……」

父親は優眞を優奈《ゆうな》と呼び、服も女物しか許さず、徹底的《てっていてき》に息子《むすこ》であることを否定した。

「じゃあ……しばらく消えてみるか」

男がボソッと呟《つぶや》いた。

「消える？」

「神隠《かみかく》し、というのを知っているか」

「突然《とつぜん》人がいなくなって、何年かして帰ってきたら、その間のことは全部忘れちゃってるってやつだよね。妖怪《ようかい》に攫《さら》われたんだ、とかいわれてる……」

「それだ。天狗《てんぐ》に攫われてみるか？」

「天狗？　お兄さん天狗なんだ……僕を連れていってくれるの？」

そこに小さな希望を見て、縋《すが》るような目を向ける。

「天狗に攫われるなんて、普通《ふつう》は怖がるところだぞ」

嫌そうに見下ろされた。

「死ぬつもりだった僕に怖いことなんてないよ。どこに行くの？　お兄さんち？」

「山の中に天狗の里がある。本当は男なんて攫わないんだが……」

「女の子のふりした方がいいなら、僕得意だよ」

「それが嫌だったんじゃないのか？」

「無理にやらされるのはすごく嫌だったけど、自分からやろうと思ったら、なんか楽しいね。僕、なんでもするよ」

にっこり笑って見上げれば、溜息《ためいき》が返ってきた。

さっきまで生きていたくないと思っていたのに、急に楽しくなってきた。こんな明るいワクワクした気分は生まれて初めてかもしれない。こんなに簡単に気分が変わるものだなんて知らなかった。

こんなことが起こるなんて想像もできなかった。

飛ばなければ起こらなかったことだけど、落ちていたら起こらなかった。なにも知らずに人生は終わっていた。

これは奇跡《きせき》に違《ちが》いない。神様からのプレゼントだ。いや、やっぱり夢なのだろうか？　それともう死んでる？

なんでもいいや。

「連れていって……連れていってください！」

ギュウッと強く天狗の腰にしがみついた。最後にもたらされた初めての希望を決して逃《のが》さないように。

天狗の里なんて得体が知れない。だけど今よりひどくなるという想像はできなかった。

それは死ぬ覚悟《かくご》を決めたからというより、今、空を飛んでいるから。抱きしめた身体《からだ》から、なにかとても優《やさ》しいものが流れ込んでくるような気がするから。

「お願いします、お願いします」

優眞は呪文《じゅもん》のように唱え続け、天狗は眉間《みけん》に深い皺《しわ》を寄せた。

天狗の里

天狗は優眞がいつもベランダから見ていた山に向かって飛んだ。しかし途中《とちゅう》で意識を失い、気づいたら地上に降り立っていた。

「ここが天狗の里だ」

真っ暗だ。点々と松明《たいまつ》が焚《た》かれていて、その周りだけが明るい。ザワザワと大きな木の揺《ゆ》れる音が四方からするのに、不思議と風は感じなかった。空に星も見えない。

「天狗の里って……どこにあるの？」

「人間界と異界の狭間《はざま》にある。人の地図には載《の》っていない、人は入ってこられない場所だ」

「へえ……」

まったく現実味がない。生きている実感もない。ここは死後の世界だ、と言われるのと、特になにも違わない気がする。

地面に立つと、天狗は大きかった。優眞は百五十センチそこそこしかないので、大概《たいがい》の大人の男は自分より大きいが、天狗は身の丈《たけ》が高い上に、一本歯の高下駄《たかげた》を履《は》いていて、トータルすると四十センチくらいも高い。そして背中の翼《つばさ》がまた大きかった。

ぽかんと口を開けて見上げる。

「天狗って……嘴《くちばし》があったり、鼻が長かったりしないんだ？」

なにもかも現実味がないので、とりあえず自分の中の妖怪情報と照らし合わせてみる。

ずっと本が友達だったので、知識だけはいろいろあるのだ。

「それは人間の勝手な創作だ。伝説というやつは真偽《しんぎ》入り交じっているし、時代を経て変わったこともある。人間はもうすべてなかったことにしてるけどな」

近くの山にも天狗伝説があった。そこに建っている天狗の銅像は、山伏装束《やまぶししようぞく》のおじさんに嘴と翼を付けて、一本歯の高下駄を履かせ、葉団扇《はうちわ》と錫杖《しやくじよう》を持たせたものだった。

山伏の着物は袖《そで》がやや短めで、袴《はかま》は膝下《ひざした》くらいの長さ。腕《うで》には手甲《てつこう》、臑《すね》には脚絆《きやはん》を巻いている。そういう基本的なスタイルは、目の前の天狗も同じだった。

ただ銅像の頭に載っていた小さな箱みたいな頭襟《ときん》はなく、髪《かみ》はザンバラのショートで、顔は若くすこぶる男前だ。装束の色はすべて黒。そして首に黒い羽の襟巻《えりま》きみたいのを巻いている。

ビジュアル系のロックバンドにいてもあまり違和感《いわかん》はないかもしれない。

「ここは人間界とは違う。考え方も常識も違う。人間には不便だし、なにより人間の男は存在しない。それでもいいのか？」

天狗は念を押すように訊《たず》ねてくる。

「人間の中でも考え方や常識は違うし、僕はそこに馴染《なじ》めなかった。ここでも馴染めないかもしれないけど、ここには僕の目を見て話をしてくれる人が、少なくともひとりはいる」

「それは俺のことか？　俺だっておまえの相手ばかりはしていられないぞ」

「うん、僕はわがままは言わないよ。どうしても帰れって言うなら、どこかで死ぬから」

優眞は笑顔《えがお》で脅《おど》した。天狗は呆《あき》れ顔で溜息をつく。

「まあとりあえず……ついてこい。一晩寝《ね》れば気持ちも変わるかもしれない」

見ず知らずの自分が死ぬことが脅しになるのだから、天狗はきっと優しい生き物だ。

天狗が歩き出すと、その道を照らすように松明が灯《とも》る。立ち止まると火が大きくなり、暗闇《くらやみ》に立派な屋敷《やしき》が照らし出された。

歴史の教科書に載っているような大昔の日本の建物。重そうな檜皮《ひわだ》葺《ぶ》きの屋根を、太い柱が支えている。高床《たかゆか》式で、階《きざはし》を五段上がると、手摺《てす》りというには低すぎる高欄《こうらん》のついた濡《ぬ》れ縁《えん》が両側に延びていた。

江戸《えど》よりもっと前、御簾《みす》の向こうに十二単《じゅうにひとえ》の着物を着た女性が佇《たたず》んでいそうな雰囲気《ふんいき》。こういう造りはもう神社くらいでしかお目にかかれない。

下駄を脱《ぬ》ぐと天狗の目線が近づいた。が、それでもまだ三十センチくらい高い。

階《きざはし》を上り、左に延びた濡れ縁を歩きはじめる。

「天狗さんのお名前は？」

後ろからついていきながら訊ねる。

「天雫坊《てんじゅぼう》だ」

「てんじゅ、ぼう？　お坊《ぼう》さんなの？」

しかし髪はある。顔立ちも坊主《ぼうず》というより盗賊《とうぞく》といった方がしっくりくる荒々《あらあら》しさがあった。きつい眼差《まなざ》しのグレーの瞳《ひとみ》は、時々不可思議な色合いに揺らめく。歳《とし》は二十五、六歳くらいに見えた。

「違う。天狗の名前には下に坊が付く。誰《だれ》が決めたか、なぜそうなっているのかは知らん」

「ふーん」

「おまえは？」

「僕は高梨優眞」

「優眞、か」

「あ、女のふりをした方がいいんだよね。じゃあ……ユウならいい？」

父のつけた優奈という名前だけは絶対に嫌《いや》だった。全然違う名前でもよかったが、特に思いつかないし、ユウなら女の子でも通るだろう。それにちょっと憧《あこが》れていたのだ。親しげなあだ名で友達に呼ばれる、ということに。

今までユウどころか、優眞と呼ぶ友達もいなかった。

「本当にいいのか？」

「女のふり？　うん。生きるために特技を活《い》かすようなもんでしょ？　僕は女のふりをするのが嫌だったんじゃなくて、嫌だと言えないで言いなりになってる自分が嫌だったんだ」

同じことをするのでも、気持ちの持ち方でこんなにも違うものなのかと思う。

進んで女の格好をするなんて考えもしなかった。大きな目も、白い肌《はだ》も、ピンクの唇《くちびる》も、女性にはよく羨《うらや》ましがられたが、優眞にはコンプレックスでしかなかった。それを活かそうなんてとても思えなくて、いつも顔を伏《ふ》せて髪で隠《かく》していた。

そんなのと友達になりたがる奴《やつ》なんているはずがない。

飛び降りてからわずかな時間しか経っていないのに、今まで気づかなかった自分の駄目《だめ》なところを次々に発見する。

顔を上げれば、目の前には黒くて艶々《つやつや》した翼があって、それが無性《むしょう》に嬉《うれ》しかった。

「死ぬ気になればなんでもできるって言うけど、そんなの嘘《うそ》だよね。死ぬ気になったら、死ぬことしか考えられないんだ。生きようって思わないと、なにもできない。いい考えなんて浮《う》かばない。あの……」

黒い翼に向かって話しかければ、すたすたと前を歩いていた足が止まった。振《ふ》り返って、少し屈《かが》んで話を聞いてくれようとする。それがやっぱり嬉しくて、

「あ、ありがとう、天雫坊さん」

感謝の気持ちをぎこちない笑顔で伝えた。

天雫は眉間《みけん》にうっすら皺《しわ》を寄せ、身体《からだ》を起こした。その反応に、優眞はなにか機嫌《きげん》を損《そこ》ねてしまったのかと不安になる。

「おやおやー？　なんだ、その可愛《かわい》らしいお嬢《じょう》さんは」

いきなり上の方から声が聞こえてビクッとする。

「昂夜《こうや》か」

天雫はまるで動じず声を掛《か》けた。

「いかにも。で？　おまえが翼をハタハタさせるなんて珍《めずら》しいものを見たぞ」

笑いを含《ふく》んだ声に、天雫の眉間の皺が深くなった。

「これは俺の嫁《よめ》だ」

「は？　なに言ってんの、おまえが嫁!?　しかもこの、ちんまいガキが!?」

驚《おどろ》きをもって発せられた姿なき声にムッとする。

「ちんまい……」

確かにクラスの中でも小さい方で、生まれてこの方、大きいという言葉とは縁がない。しかし大きくなりたくて、筋肉になるものを食べ、密《ひそ》かにトレーニングもした。でも全然まったくなんにも効果がなかったのだ。

睨《にら》んでやろうと姿を捜《さが》してきょろきょろしていると、目の前に黒い影《かげ》が落ちてきて、バサバサと羽音を立てた。

優眞は咄嗟《とっさ》に天雫の腰《こし》にしがみつく。

よく見ればそれは鴉《からす》で、一瞬《いっしゅん》にして人形《ひとがた》に変わった。天雫と同じくらいの年頃《としごろ》の、髪の長い男。顔立ちは優《やさ》しげだが、ニヤニヤ笑いは癖《くせ》がありそうだった。

「昂夜、やめろ。怯《おび》えている。ガキでもすぐ育つさ。青田買いというやつだ」

天雫はそう言って優眞の肩《かた》を抱《だ》いた。

「青田買いねえ……」

昂夜と呼ばれた男は、不審《ふしん》そうに優眞をジロジロと見る。男だとばれてはまずいと、精一杯《せいいっぱい》の笑顔を作って小首を傾《かし》げてみせた。可愛く見せようとしたのだが、寒空を飛んできたせいか、首がカクカクと壊《こわ》れたロボットのようになる。

「まずは風呂《ふろ》だな」

天雫は優眞の肩を抱いたまま歩き出した。

「女を呼んできてやろうか？」

昂夜が声を掛けてきたが、

「いや。俺の女だ、俺が面倒《めんどう》見る」

天雫は振り返りもせずに言った。

「おまえが？　へえ……」

昂夜の意外そうな声を背に聞く。

濡れ縁から屋内へ。長い廊下《ろうか》の突《つ》き当たりの木戸を開けると、もわっと湯気と共に温《ぬく》もりに包まれた。身体が弛緩《しかん》して、強張《こわば》っていたことに気づく。

板張りの風呂場は中央に丸い湯船があるだけだった。一段高くなっている手前が脱衣所《だついしょ》なのか、特に仕切りのようなものはない。

なにかしらの説明があるかと待っていると、

「脱がしてほしいのか？」

そんなことを言われてドキッとする。

「あ？　いや、自分でできます。外に出てて」

「誰も来ないようにここで見張っててやる。さっさと脱いでさっさと入れ」

「……うん」

男同士なのだから裸《はだか》になるのを恥《は》ずかしがるのは変だ。自分が男扱《あつか》いされたことに少し嬉しくなる。

優眞はこれまで他人に裸を見せたことがなかった。父親はよくベタベタと触《さわ》ってきたが、男だとわかる部分には決して触《ふ》れず、裸も下は見ようとしなかった。女の子でなくては駄目なのだろう。そういうところはまともなのだ。

でも、誰にも裸を見せてはいけないと、泊《と》まりがけの修学旅行などには行かせてもらえなかった。

「ふむ。確かに男だな。しかしまあ……生っ白《ちろ》くて毛が薄《うす》い」

思い切って裸になってみれば、ジロジロ見られて遠慮《えんりょ》なくコンプレックスを抉《えぐ》られる。優眞は恥ずかしいやら悔《くや》しいやらで、カーッと赤くなって湯船に駆《か》け込んだ。

「ゆっくりつかれ」

湯船は直径二メートルほどもある丸い木の盥《たらい》だった。お湯は出しっ放しで、少し硫黄《いおう》の臭《にお》いがする。

「そうだ。俺たちは湯にゆっくりつかることはないが、女たちは喜ぶ。人間は温泉が好きだろう？」

「温泉？」

「僕は温泉入ったの初めてだから」

「おまえいくつだ？」

「昨日、十四歳になった」

もちろん誰にも祝ってもらってはいない。父親もそういうことにはまるで無関心だった。子供なんて邪魔《じゃま》だけど、可愛い女の子に見えるうちは楽しみ方もある、とでも思っているようだった。便利で従順な家事ロボット。誕生日を祝ってやる必要などない。

「それで声変わりがまだなのは、遅《おそ》くないのか？」

少しだけ、おめでとうと言ってもらえることを期待したが、相手は人間ではなかった。天狗《てんぐ》に誕生日を祝うという概念《がいねん》があるのかもわからない。

「まだの子もいるよ」

声変わりをしていない者はいても、女の子に間違《まちが》えられるのは自分だけだ。

「じゃあ、おまえが声変わりするまで置いてやろう。その前でも帰りたくなったら言え。いつでも帰してやる」

「あの家に？」

「他《ほか》に行くところがあるのか？」

「ないけど……」

母親が今どこで生活しているのか知らない。一度父親に訊《き》いたら一番ひどい折檻《せっかん》を受けた。

「おまえに母親はいない」そう言われた。

確かにその通りなのだろう。自分を捨てて、一度も会いにきたことはない。今頃《いまごろ》はどこか知らないところで幸せに暮らしているのかもしれない。

中学を出れば働くことはできる。でも、家出して保証人もないでは、働き先を見つけるのは難しい。せめて歳《とし》をごまかせるような容姿ならよかったが、歳より下に見られたことはあっても、上に見られたことは一度もなかった。

「僕は絶対、声変わりしない」

そんな決意を固める。

「そんなに帰りたくないか」

「帰りたくない」

「ここだってそんなにいいところじゃないぞ。人間にとっては」

「それでもいい。地獄《じごく》でも……」

「本当の地獄を知ればそんなことも言わないだろうが……。まあ、しょうがないな。ガキの世界は狭《せま》い」

そう、狭い。わかっている。でもその狭い世界から出られないのだ、子供は。たとえ囲い込まれた世界から逃《に》げ出しても、自分には独りで生きていく術《すべ》がない。

他を知らないのに、もっと辛《つら》いことがあると言われてもわかるわけがなくて、どんなに辛くてもここじゃなければいいと思ってしまう。

優眞にとっては、あの家が唯一《ゆいいつ》にしてすべて。逃《のが》れようのない地獄だった。

「女だと思わせておけば、そう居心地《いごこち》は悪くないかもしれないが……」

「男だとバレたらどうなるの？」

「さあ、どうなるか。男を連れてきたことがないからわからないな」

「ないんだ……」

「つまり、ここに人間の男は不要だということだ」

男の自分の居場所はここにもない。でもここには、自分を見てくれる人がいる。

「そっか、わかった。僕、バレないように頑張《がんば》ります」

「まあ……無理するな、とも言えないが」

「無理しないで生きたいなんて、そんな贅沢《ぜいたく》なことは思ってないよ。自分の意志でする無理は、たぶん努力っていうんだ。努力ならするべきでしょ？　でも……嘘《うそ》をついて騙《だま》すのは申し訳ないな」

「それは気にしなくていい」

湯は温《ぬる》めだったが、徐々《じょじょ》に身体《からだ》が温まって、ベランダで一度は死んだ手足に感覚が戻《もど》った。ずっと冷え固まって萎縮《いしゅく》していた心もほどけて、顔つきも穏《おだ》やかになっていく。

天雫は腕《うで》を組んでそれをじっと見ていた。

「ありがとう」

優眞は緩《ゆる》んだ顔で微笑《ほほえ》みかける。

「礼を言うのはまだ早いと思うがな」

天雫はどこからか色鮮《いろあざ》やかな着物を調達してきた。赤に紫《むらさき》の花柄《はながら》。見た途端《とたん》に頬《ほお》が引きつる。

しかしミニスカートよりはマシだ。

風呂を出ると、天雫がそれを着付けてくれる。

「似合うな。恐《おそ》ろしく違和感《いわかん》がない」

姿見を見て優眞もそう思った。肩《かた》までの黒髪《くろかみ》はおかっぱ頭の日本人形のようだ。

「胸はないけどね……」

横から見ればぺったんこ。それでも男に見えないのは幸か不幸か。

「下着は……とりあえずふんどしでいいか」

天雫は着付けた着物の裾《すそ》を割り、優眞の未成熟なものをふんどしで包み込んだ。

「あ、ありがとう」

とても恥ずかしかったけど、人に世話してもらうなんて久しぶりで、少し嬉《うれ》しかった。うつむき気味に口元に笑《え》みを浮《う》かべ、礼を言う。

「おまえ……ちょっとヤバいな」

「え？」

「子作りを迫《せま》られたら、俺以外とはしないって言えよ？」

「こ、子作り⁉」

「どうするかくらい知ってるよな？」

「それは、知ってるけど……。天狗と人とで子作りするの？」

「天狗には女がいない。子供は人間の女に生んでもらう。だから女なら大歓迎《だいかんげい》なんだよ。みんな女には優《やさ》しいし、女には拒否《きょひ》権が認められている」

「拒否権？」

「触《さわ》るなと言えば触らない。無理強《むりじ》いした天狗は里から追放される」

「へえ。なんていうか、紳士《しんし》なんだね」

「節操はないがな」

「え？」

「いや。とにかくおまえを置いてやれるのはガキのうちだけだ」

「うん」

声変わりするまで。それがいつかわからない。もしかしたら明日《あした》かもしれない。

早く大人になりたいと思ってきたのに、どうか成長しないでくれと願う。自分から女に見えるように振《ふ》る舞《ま》う。すべてが正反対になった。目指すものが真逆になった。

風呂場《ふろば》を出て歩き出した天雫の後に従う。

「その翼《つばさ》って引っ込められるの？」

「人に擬《ぎ》態《たい》することはできる。しかしそこそこ力を使う。この姿が一番楽な姿だ」

「ふーん。そういえば、さっきの人は鴉《からす》になってたね。すごいね、天狗って」

「別にすごくはない。我らはこういう生き物だ。なんの力もないのに、これだけはびこることができる人間という生き物の方が、ある意味すごいかもしれない」

「天狗が本気を出したら、人間は滅《ほろ》ぶ？」

「それはないな。数が圧倒的《あっとうてき》に違《ちが》うし、そもそも滅ぼす必要もない。ただ人間は時々、自然の力を思い知る必要がある……」

「思い知ってるよ。天災は忘れた頃《ころ》にやってくるって、実際そうだし……」

「そうだな」

天雫の翼が二度ほどワサワサと動いた。

翼には顔には出ない感情表現があるのかもしれない。

廊下《ろうか》の両側には似たような板壁《いたかべ》と戸が並んでいて、どこがなんの部屋なのかさっぱりわからなかった。同じところをぐるぐる回っているような気もしてくる。

不安になって然《しか》るべき状況《じょうきょう》なのに、少しも逃げ出したい気分にならないのは、現実味がないせいもあるけど、きっと天雫がいるからだ。

生きろと言ってくれた初めての人。ちゃんと自分に話しかけてくれた。

黒い翼は不吉《ふきつ》だとか、禍々《まがまが》しいとか、あまりよく言われないけど、優眞にとっては希望だった。ヒーローの格好いい翼。

だからいそいそとついていく。

自分の人生への絶望からほんの少し脱《だつ》した。努力しようと思えるようになったが、降って湧《わ》いた幸運をまだ信じ切れてはいない。今までの自分の人生を思えば、そんな都合のいいことが起こるとは思えないから。

それを信じられるなら、飛び降りはしなかった。

前を歩いていた天雫が立ち止まり、板戸を開いた。小さな部屋の中に布団《ふとん》が一組敷《し》いてある。いったい誰《だれ》が用意してくれたのか。さっきの鴉だろうか。

「とりあえず今日はここで寝《ね》ろ」

「はい。あの……天雫坊さんは、どこで寝るの？」

「天雫でいい。俺は自分の部屋で寝る。まさかひとりでは寝られない、なんて言わないよな？」

「いえ……大丈夫《だいじょうぶ》です。おやすみなさい」

マンションで育った優眞にとって、古い日本家屋はまったく馴染《なじ》みのない、威圧感《いあっかん》のある建物だった。マンションも十階なので静かだが、ここの静けさは異質だ。遠く風の音が唸《うな》り声のようにも聞こえ、本当はとても恐ろしい。

でも、わがままを言って面倒《めんどう》な奴《やつ》だと思われたくない。

大丈夫、寝てしまえばそんなことはわからなくなる。大丈夫。込み上げる心細さを、口をギュッと引き結んで押し殺し、覚悟《かくご》を決めて布団へと向かう。掛《か》け布団《ぶとん》に手をかけようとしたところで、天雫が横から割って入り、布団をひとまとめにして肩に担《かつ》いだ。

「泣くな。今夜だけ、俺の部屋に寝かせてやるから」

それを聞いた瞬間《しゅんかん》、優眞はパッと笑顔になった。ホッとして。嬉しくて。

「僕、泣かないよ。でも、ありがとう」

泣きそうに見えたのだろうか。こんなことくらいで泣いたりはしない。泣いたって誰も助けてはくれないとわかっているから。

笑顔を向ければ、天雫はなぜか苦い顔になった。布団を担いだまま歩き出す。

「なにやってんだ……俺」

途方《とほう》に暮れた呟《つぶや》きは独り言のようだったが、優眞の耳にも届いた。

困らせている。申し訳ないと思うけど、それでも面倒見てくれようとするのが嬉しかった。

　また少し歩いて、天雫は戸を開けた。さっきの部屋よりやや広めの部屋は、殺風景だが、長《なが》持《もち》が置いてあったり、着物が掛けられていたりして生活感があった。

　すでに敷《し》いてあった布団の横に、天雫は肩から降ろした布団を広げる。

「今夜だけだぞ」

「うんっ。いや、はい。すみません」

　優眞は神妙《しんみょう》な顔をしようとしたが、にこにこが止まらなかった。

　誰かの隣《となり》に自分の場所を用意してもらえるなんてすごいことだ。嬉しくてならない。誰かと一緒《いっしょ》に寝るのも久しぶりだ。

「うん、でいい。謝る必要もない。一応おまえは俺の嫁《よめ》候補ってことになってるからな」

「馴《な》れ馴れしくしてもいいってこと？」

「ああ」

　布団はぴったりくっつけて敷かれている。広さ的にそうするしかなかったのだが、なんだかとても親密な感じがして嬉しい。

「そういえば、寝る時はその翼どうするの？」

　優眞は布団に入って横になると、立っている天雫を見上げて問いかけた。

「どうもしない。横向きで寝るだけだ。俺たちは人間ほど長い睡眠《すいみん》時間は必要ないし」

　天雫はそう言いながら隣の布団に横になってみせる。初めて同じ目線で正面から目が合って、改めて男前だと思った。翼が見えなければ人間となんら変わらない。

「そうなんだ……。ありがとう、天雫さん」

にこにこ笑いながらその顔を見る。

「礼もいらない。さっさと寝ろ」

「うん。おやすみなさい」

優眞は温かい気持ちで目を閉じた。

見た目は怖《こわ》いし、ぶっきらぼうだけど、とても優しい。それはわかる。

まったく馴染みのない環境《かんきょう》で、目の前にいるのは人ではない生き物だというのに、自分の部屋で寝るより安心して眠《ねむ》りについていた。


「朝だ、起きろ」

そう言われるまでぐっすり寝ていた。人に起こされたのも久しぶりなら、目覚めて心が重くならないのも久しぶりだった。自然に笑顔《えがお》になる。

「おまえ……」

優眞の笑顔を見た天雫は溜息《ためいき》をついた。たぶんとてもだらしない顔だったのだろう。

飯だと言われ、優眞は起き上がって布団を畳《たた》んだ。廊下に出て歩き出すと、昨夜とは様子が一変していた。まるで違う建物の中にいるようだ。

明るい。朝だから当然なのだが、戸がすべて開け放たれていて、部屋は柱と御簾《みす》で仕切られているだけ。壁《かべ》が少なく、とても風通しがいい。

「人には寒いだろう、この屋敷《やしき》は」

「大丈夫だよ」

不思議とそれほど寒さを感じない。だから、やっぱり死んでるんじゃないか、という疑念を消せない。別にそれでもいいのだけど。

「人間の女たちは個々に、別建ての小さな家に住んでいる。そこは暖も取れるようになっている。俺たちには必要ないが」

「天狗《てんぐ》って寒くないの？」

「ああ」

「あ、もしかして身体にびっちり羽毛《うもう》が……」

「生えてない」

廊下を歩き、部屋を横切り、濡《ぬ》れ縁《えん》を歩く。頭の中にまったく地図が描《えが》けない。

「おまえ、学校はどうする？　ここにいたら行けないぞ」

「いいよ、行かなくても。家よりは学校の方がマシだったけど、別に友達とかもいなかったし……」

　優眞にとって学校は隠《かく》れ家のようなものだった。目立たないようにひっそりと息をしながら、勉強をして、本を読む。時に友達と自分を比べて落ち込んだり、先生の顔色を窺《うかが》ったり、気が休まる場所というわけではなかったが、比較的《ひかくてき》平和だった。

　本当は友達も欲しかったけど、うまく作れなかった。自分にまったく自信がなかったから。

「勉強は嫌《きら》いか？」

「嫌いじゃないよ、好きだよ。ここにはないの？　勉強するところ」

　勉強も読書も、新しいことを知れるから好きだった。狭《せま》い世界が少しだけ広がる。現実は変わらなくても、頭の中に違《ちが》う世界を作ることができた。

「なくはないが……天狗と同じ勉強をしてもな」

「それでいいよ。天狗と同じ勉強をして、僕は天狗になる！」

「なれねえよ」

　天雫は昨日とは違う普《ふ》通《つう》の黒い着物を着ていた。下は袴《はかま》ではなく、着流し。任侠《にんきょう》映画みたいだ。これが寝間着《ねまき》なのか、部屋着なのか。

　畳《たたみ》が敷かれた広間に足を踏《ふ》み込むと、十人ほどの男が銘々膳《めいめいぜん》で朝餉《あさげ》を取っていた。濡れ縁の向こうには、大きな池のある日本庭園が広がり、明るい日差しが降り注いでいる。平安時代あたりに迷い込んだようだ。

男たちの目が一斉《いっせい》に優眞に向けられた。

「おお、これが！　長《おさ》が初めて連れてきた嫁⁉　……うーん、ガキだな」

年配の男は嬉《うれ》しそうに立ち上がったが、優眞を見て若干《じゃっかん》意気消沈《いきしょうちん》した。

「青田買いなんだってさ。天雫にそういう趣味《しゅみ》があったなんて知らなかったよなあ。育てるなんて面倒なこと、絶対しないタイプだと思ったけど」

そう言ったのは昨夜の鴉男《からす》。

「うるせえな。気分だ。飛んでたら泣いてる子供が落ちてきて拾っただけ」

天雫は不機嫌《ふきげん》そうに言い返した。

「泣いてないよ」

優眞はそこだけ小さな声で訂正《ていせい》した。

「こいつの名前はユウ。まあいろいろワケありで、帰りたくなったら帰すつもりなんだが……」

「帰らないよ」

そこは強く訂正した。

「まあこの通りだ。見てわかると思うが、まだガキだ。くれぐれも変なちょっかいは出さないよう、他《ほか》の奴《やつ》らにも言っておいてくれ」

「おまえの嫁だと聞いて手を出す馬鹿《ばか》はいない」

「だといいが」

「手を出すなら里を出る覚悟《かくご》だが、そうまでする価値がこの子供にあるとは……」

しげしげと見られる。特に胸と尻《しり》の辺りを。成熟した女性が好きな天狗なのだろう。

「おい子供、天雫坊はこの里の長だ。しかしフラッとどこかに飛んでいって、しばらく戻《もど》ってこないことが、まままある。いいか、おまえは超絶《ちょうぜつ》いい女になれ。天雫がこの里を一晩たりとも空けたくないと思うくらい」

年配の天狗が優眞に言い聞かせるように言った。

「わかった。なる」

優眞は真剣《しんけん》な顔で答えた。

「おい、ガキになに言ってるんだ。女がいようといまいと俺は変わらない」

「そうだろうな……。まあいい。天雫が自分から女を連れてきた。それだけでたいした進歩だ。これで子をポンポン産んでくれれば……。五年後、くらいか……」

優眞を上から下までジロジロ見てそういう結論を下す。確かに十九歳なら子は産める。女なら。

「人間は成長するのが遅《おそ》いからな」

まるで品評会だ。このひよこはいつになったら卵を産むようになるのか、品定めされている。

そのうち裸《はだか》に剝《む》いて成長具合を確認《かくにん》されるのではないかと、自然と内股《うちまた》になった。

「ま、まだ子供ですけど、頑張《がんば》ります」

そう言うしかない。子供なんてもちろん何年経《た》っても産めないけど。

やっぱりここも無条件に居心地《いごこち》のいい場所じゃない。でも、もしここが家以上の地獄《じごく》だとしても、それすら知りたい。後戻《あともど》りはしたくない。

とにかく愛嬌《あいきょう》を振《ふ》りまいてみたが、顔でごまかされてはくれないようだ。それはそれでいい。頑張りがいがある。

「天雫が受け入れると決めたのなら、細かいことをいろいろ言う必要はないだろう。好きにしろ」

年配の男がそう言うと、これで話は終わりだとばかりにみな三々五々に散っていった。

「あの人が長なんじゃないの？」

「あれは長老というやつだ」

「じゃあ本当に天雫さんが長なの？」

「なんだ、俺は長に相応《ふさわ》しくないとでも？」

「いや、天雫さん若いし、なんかそんな重鎮《じゅうちん》みたいな感じはないなって」

「そんな重たいものにはなりたくもない。長なんてのは便宜上《べんぎじょう》だ。天狗は基本、個人主義だからな」

「そうなんだ」

でも決定権はあるらしい。よかった、天雫が偉《えら》くて。

「まずは飯を食え。後でいろいろ説明してやる」

「はい」

そこに女性が入ってきた。祖母というには若いが、母よりは若干上だろうという感じ。四十代後半くらいか。優眞の前に朝食の膳《ぜん》を置く。目が合ってにっこり微笑《ほほえ》まれ、なんだかホッとして微笑み返した。

天狗に女はいないと言っていたから、この人は人間なのだろう。喋《しゃべ》りたかったが、女性はすぐに下がってしまった。

正座して膳を見れば、ご飯と味噌汁《みそしる》、小鉢《こばち》が四つほど。とても質素な和食が並んでいた。

「精進料理《しょうじんりょうり》？」

「そういうわけじゃない。鴉は雑食だ。なんでも食う。が、基本的に自給自足だからこういう食事になる」

「へえ。自給自足ってことは、畑があるの？」

「ある」

「へえ」

「畑のなにがそんなに嬉しいんだ？」

どうやら顔に出ていたらしい。天雫は訝《いぶか》しげな顔をした。

「野菜とか育てたかったんだ。でもずっと都会のマンション暮らしだったから。次に生まれてくる時は鳥がいいんだけど、ミミズもいいなあって思ってた」

「ミミズ……」

天雫の眉間《みけん》に皺《しわ》が寄る。

「だって、食べて出したら土が肥えるんだよ？　生きてるだけで役に立つなんてすごいじゃない」

にこにこと言えば、皺はさらに深くなった。なにかおかしなことを言っただろうか。

「まあ……まあ食え。野菜は好きなだけ育てればいい」

「はい。いただきます」

味も質素というか、素朴《そぼく》だった。余計な調味料が入っていない素材の味なのだろうが、人間界の物より素材自体が薄味《うすあじ》のような気がする。いろんなものが添加《てんか》された食事に慣れすぎてしまっているのかもしれない。

たとえどんな味でも、人に作ってもらった料理は残さない。自分のために誰《だれ》かが料理を作ってくれるなんて、それはとても貴重でありがたいことだ。

父は今頃《いまごろ》なにを食べているだろう……と、一瞬脳裏《いっしゅんのうり》をよぎったが、決して里心がついたわけではない。心配しているわけでもない。どこかでなにかを適当に食べているだろう。料理を作る大変さもありがたみも、父が知ることはない。

「ごちそうさま」

優眞は米粒《こめつぶ》ひとつ残さずに食べ、手を合わせて自分で膳を下げる。天雫に先導してもらったが、台所までもけっこうな距離《きょり》があった。

「あら、持ってきてくれたの？　ありがとう、いい子ね」

台所にはさっきの女性がいた。にっこり微笑まれ、少し嬉しくなる。

「あ、あの……なにか手伝います」

「いいのよ。来たばっかりなんでしょ？　慣れるまではいろいろ大変だから」

「いえ、大丈夫《だいじょうぶ》です」

「そーお？　まあ正直助かるわ。天狗《てんぐ》ってなんでも食べるんだけど、食にこだわりがなくて。作るのも片付けるのも勝手にやれば？　って感じなのよ。一応炊事《すいじ》は女たちの当番制なんだけど、朝弱いのばっかりで」

笑顔《えがお》で不満をぶつけられ、戸惑《とまど》いながら笑顔を返す。

女性の名前は田中利美《たなかとしみ》といった。年齢《ねんれい》はシークレット。優眞が十四歳だと言うと、露骨《ろこつ》に驚《おどろ》いた顔をされた。

「十四？　ってことは中学二年生？　小学生かと思っちゃった」

「よく言われます」

「あら、怒《おこ》っていいのよ、思春期らしく。小学生じゃねえよ！　って」

「はい……」

あまり怒るということをしてこなかった。呪《のろ》いの言葉を腹の中で吐《は》くらいで。顔にはついつい可愛《かわい》く見えるだろう笑顔を張り付けてしまう。

利美は陽気な人で、もうここに二十年いるのだと言った。

「二十年⁉　そんなにいられるんだ、よかった……」

そんなにいられるのなら、地獄ということはないだろう。でもそれは女性だからかもしれない。自分はいったい何年いられるのだろう。

「よかった？　そっか……。まあここに来るからにはワケありだろうし、詳《くわ》しいことは訊《き》かないわ。おばちゃんはユウちゃんの味方だから。なんでも相談してね」

そんなことを言われたら、嘘《うそ》をついていることが心苦しくなる。でも、言うわけにはいかない。

「しかし、天雫くんがこんな小さくて可愛い子を連れてくるなんてねえ……」

天雫は台所の外にいる。ここまで優眞を連れてきたが、中に入ろうとはしなかった。

「天雫さんは女嫌《おんなぎら》いなんですか？」

あえて訊いてみた。みんな、天雫が女を連れてくるなんて⁉　という反応なのだ。余程《よほど》珍《めずら》しいことなのだろう。

「そんなことはないと思うわよ。ただ、モテ男は女にガツガツしてなくて、自分から囲ったりはしないの。だから嫁《よめ》なんてびっくりしちゃった。まさか子供を……子供だからかしら」

帰すつもりだから、ということに思い当たったらしい。勘《かん》のいい女性のようだ。

「どうしても家に帰りたくないって駄々《だだ》こねて、それで連れてきてもらったんです。でも、永住覚悟《かくご》ですから」

「あ、そう……まあ気楽にね。好きなように過ごせばいいわよ。心のリハビリだと思って。ああ見えて天雫くんはけっこう優《やさ》しいから。だからモテるんだけど……、優しさは愛とは違《ちが》うのよねえ。ああいうのを罪作りって言うのよ」

利美はなにか思い出したように溜息《ためいき》をついた。

「聞こえてますよ、利美さん」

これ以上なにか言われてはかなわないとでも思ったか、天雫が顔を出した。

「聞こえてもいいわよ。あなたに惚《ほ》れた女は苦労するわよ。ま、あなたも大変でしょうけど」

「よかったですね、利美さんは俺にまったく興味がなくて」

「本当よ。ここに長くいたかったら、誰にも惚れないのが一番。もう恋《こい》はしないって決めてる女には快適な場所よ」

利美の笑みに若干《じゃっかん》の影《かげ》が差した。ここに来るにはそれぞれにそれぞれの理由があるのだろう。

「あらやだ。若いお嫁さんになに言ってるのかしら。大丈夫。優しくしてもらいなさい」

優しい目で労《いたわ》るように言われて、優真は曖昧《あいまい》な笑みを返した。

しばし食器を洗うのを手伝い、天雫と一緒《いっしょ》に台所の裏にある木戸から外に出た。

「モテるんですね、天雫さん」

「そんなことはどうでもいい。おまえには関係ないことだ」

「まあ、そうだけど……」

嫁というのは便宜的《べんぎてき》なもので、天雫がモテようと遊んでいようとなにも関係ない。男としては羨《うらや》ましいとか妬《ねた》ましいとか思うところなのかもしれないが、それもなかった。

疎外感《そがいかん》。寂《さび》しい、というのが一番近い感情かもしれない。

天雫は足袋《たび》のまま外に出て、土の上を歩いていく。優眞は裸足《はだし》で、一瞬躊躇《いっしゅんちゅうちょ》したが、なにも言わずに足を踏《ふ》み出して跡《あと》を追った。足の裏にじゃりっと冷たい土の感触《かんしょく》。痛いわけではないが、足下《あしもと》が少々おぼつかない。

「ああ……そうか」

天雫は振《ふ》り返って優眞を見ると、戻《もど》ってきて背後から優眞の腰《こし》を抱《だ》き、ふわりと飛んだ。

「うわ……」

一瞬で上空へ。明るいと夜よりリアリティがあって、空を飛ぶ気持ちよさと怖《こわ》さを感じる。それほど高くは飛ばなかったので、眼下に見えるのは屋敷《やしき》の屋根とその周辺だけ。

屋敷は池のある庭を囲んだコの字形。中を迷路《めいろ》のようにくねくね歩いたが、上から見た形は単純だった。

　この里に来て最初に降り立った広場は、コの字の短い辺の外側にあった。他《ほか》に上空から見えるのは広場の横の畑らしきところだけ。それ以外は深い森の木々に覆《おお》われている。

「人間というのはいろいろ不便だな。歩くことしかできないのに、靴《くつ》を履《は》かなくては歩くこともままならない」

「歩けるよ。でもちょっと石が多かったから、痛いかなって思っただけで」

「無理をせず、靴がいると一言言えばいい。おまえは子供のくせに妙《みょう》な遠慮《えんりょ》をする」

「子供じゃないよ」

「ほう……子供じゃないなら帰ってもらおうか」

「……子供、です」

　言い負かされて引き下がる。すると天雫はフッと笑った。

　瞬間《しゅんかん》、鋭《するど》い瞳《ひとみ》が和《やわ》らいで、口の端《はし》が引き上げられると男くささが増す。黙《だま》っていると怖そうなのに、実は優しいなんて、そんなのモテないわけがない。

「天雫さんはプレイボーイなの？」

「ああ？　落とされたいのか？」

　ムッとした顔になってしまって、ちょっともったいなかったなと思う。

「違うの？」

「当たり前だ。プレイボーイというのはあれだろう、遊び人ってことだろう。俺は女を遊びで抱いたことなんかない」

「そ、そう……」

自分で訊いておきながら、女を抱くなんて耳にすると、恥《は》ずかしくなる。

「赤くなるなら訊くな」

天雫は優眞の首筋を見て呆《あき》れたように言った。

「あ、赤くなんて……。じゃ、じゃあ、いつも真剣《しんけん》に、ってこと？」

「それもちょっと違うな。まあ、天狗の事情とか、大人の事情とかいろいろあるんだよ。おまえはいつか人間の女を真剣に抱いて、幸せな家庭を作れ」

「……僕はずっとここにいる」

また、疎外感。天雫はすぐ優眞を帰そうとする。ずっといさせてやる気はないと突《つ》きつける。

確かに約束は大人になるまで、なのだけど。

「ま、そのうち帰りたくなるさ」

今はそれに反論できる材料はない。でも、帰りたくなる気はしなかった。

天雫は屋敷の玄関《げんかん》に優眞を降ろし、履き物を見つくろう。女物の草履《ぞうり》を出され、それを履いて、歩いて森へと入った。

森は大きな木々がみっしり繁《しげ》っていて暗かったが、木漏《こも》れ日がキラキラしている。その中にいくつか小さな家が見えた。

一番近い家の前で天雫は立ち止まる。家は高床式《たかゆか》になっていて、階《きざはし》を五段ほど上るようになっている。小さなログハウスという感じだが、丸太ではなく板で作られているため、とても簡素な造りに見えた。

「葉子《ようこ》、いるか？」

天雫は階を上らず、下から声を掛《か》けた。

「はいはーい、いますよ。おやおや珍しい。夜這《よば》いなら夜にしてくれるかしら。今やっと天禄《てんろく》が寝《ね》たところなのよ」

と、言った途端《とたん》に、子供のけたたましい泣き声が響《ひび》き渡《わた》った。

「ああもう、台無し！　罰《ばつ》としてあなたが泣き止《や》ませて」

女はヒステリックに言って、奥に寝ていた子供を抱《かか》え上げ、天雫に投げ渡した。

「え、投げ……」

優眞はギョッとしたが、天雫は平然と受け止める。

「罰って、声を掛けただけだろ……」

泣きわめく子供を見下ろし、天雫は迷惑《めいわく》そうな顔をする。まだ赤ん坊《ぼう》だ。一歳にもなっていないかもしれない。

天雫はとりあえず両手で揺《ゆ》らして泣き止ませようとしたが、効果はなかった。

「そもそもあなたの子でしょ？　母親が出ていくの引き留めないから」

「出ていきたいという意思は尊重するしかない。俺の子かどうかは定《さだ》かではないし、どうでもいいことだ」

「そうねそうね、天狗《てんぐ》の子はみんなの子だものね。父親が誰《だれ》で、母親が誰かなんて関係ないのよね。生まれたらみんなで育てる。その考え方に馴染《なじ》めなければ出ていくしかないし、引き留めてほしいなんていう女心も察してはくれないし。しょせんは異種族なのよ。私たちはよそ者なのよ」

女は天雫に向かって機関銃《きかんじゅう》のように言葉を放った。その内容に優眞は眉《まゆ》を寄せる。

母親は子供を置いて人間界に帰ったらしい。父親かもしれない天雫は、誰の子でもいいと言い切った。天狗には親という概念《がいねん》がないのか。

しかし人間の女性としては、好きな男の子を産んで、俺の子かどうかなんてどうでもいいなんて言われたら、かなりショックだろう。思わず、出ていく！　くらいのことは口走ってしまいそうだ。

かくしてその意思は尊重される。恐《おそ》ろしい。間違《まちが》っても、出ていくなんて口走るまいと、優眞は固く心に刻む。

「俺は一応確認《かくにん》したぞ、本気で出ていきたいのかどうか。もう天狗の顔は見たくない、子供はくれてやる、と言われた」

天雫はそう釈明《しゃくめい》した。

「それはあなたを諦《あきら》めるためでしょ。長《おさ》は博愛で、大事にはしてくれるけど、子供を産んでも特別な女にはしてくれない。生殺しよ。それに耐《た》えられないなら出ていくしかないじゃない。子供を見れば思い出すし。ていうか、天狗の子を外では育てられないし。だから大雫様はやめなさいって言ったのに……」

女は深々と溜息をついた。

「そうそう。俺みたいなたいしてモテない末端《まったん》の天狗なら、ひとりの女だけを愛して番《つがい》になる、なんてことも簡単にできるのに」

部屋の中から若い大狗が顔を出して、女の肩《かた》を抱いた。

「ねえ。私は幸せよ」

「でもさっき、夜言いは夜にして、とか言わなかった？」

「やあねえ。あれは言葉の綾《あや》ってやつよ。私は深慈《しんじ》だけ」

「じゃあまた、子作りするか？　天禄は長が預かってくれるみたいだし」

「えー、いいけどーぉ？」

急にイチャイチャと二人の世界に突入《とつにゅう》してしまう。

「おまえら……」

「じゃあ、天禄のことよろしくねー。あ、そこのあなた。天雫様に惚《ほ》れちゃダメよー」

最後に優眞へ忠告を残し、木戸はピシッとまるで容赦《ようしゃ》のない音を立てて閉まった。赤ん坊はさらに大きな声で泣く。

「長って偉《えら》いんじゃないの？」

「偉くはない。一番力が強いってだけで……とんだ貧乏《びんぼう》くじだ」

赤ん坊を押しつけられた姿には、憐《あわ》れみすら感じる。

「大変なんだね」

「まあな」

みんなから一目置かれているのに、扱《あつか》いは雑だ。

「あの人たちは夫婦《ふうふ》なの？」

「そんな感じだ。番……生涯《しょうがい》の伴侶《はんりょ》を持つ天狗は少ない。ずーっと遊んでるっていうのが多いな」

「ふーん、そうなんだ。やっぱり」

「なんだその目は。俺のことじゃねえよ。俺はただ、決まった伴侶を持つ気がないだけだ」

「そう。じゃあ僕が嫁《よめ》だって言っても、困る人はいないんだね」

「そんなことは気にしなくていい。俺は自分に都合の悪いことをわざわざしない。少しの間、嫁がいるふりをしても不利益はないし、女を避《さ》ける言い訳にかえって好都合だ」

「なるほど。天雫さんにとっても利益があるならよかった」

よかったとは言ったものの、少し寂《さび》しく思う。自分のためだけではなかったのか。

赤ん坊の泣き声に感情が揺《ゆ》さぶられる。この子も独りだ。赤ん坊は好きなだけ泣けるけど、自分はもうそういうわけにはいかない。この子よりは大人だから。

「お母さんが恋《こい》しくて泣いてるのかな？」

自分の気持ちを隠《かく》すために、話を赤ん坊のことにすり替《か》えた。

母親に捨てられた子供同士。寂しい同士。親近感を覚えて赤ん坊を見る。

「違《ちが》うな。こいつは生まれた時からずっとこんな調子だ。誰にも懐《なつ》かない」

「え、そうなの？」

親近感がスッと遠ざかる。

「天狗は子供でも個人主義だ。こいつが泣いてるのはたぶん、自分がガキ過ぎて自分の思い通りにならないからだ」

「ええ？　天狗の子は天狗なんだね……。人間の遺伝子は入ってないの？」

「……おまえ、変なところ鋭《するど》いな」

「だって、人間と天狗の子はハーフで、ハーフ天狗と人間の子はクオーターで、どんどん血は薄《うす》くなっていくのに、生まれるのは天狗だけなんておかしいし」

「まあ、そういうことだ。それに気づくと、愛してるとしつこいほど言っていた女も急に冷めて、出ていくと言い出す。女の愛というのはとても現実的だ。でも別にそれは悪いことじゃない。……ああ、おまえにこんなこと言ってもな。人間同士とは根本的に違うんだ」

「大丈夫《だいじょうぶ》。僕は女の人になんの夢も持ってないから」

すべての女性がそうだとは思ってないけど、優眞に絡《から》んでくる女性はみな自己中心的だった。母親も、クラスメイトも、クラスメイトの母親も。優眞の顔を可愛《かわい》いと褒《ほ》める裏で、自分の勝っているところを探し、でも男の子じゃあね……と、勝ち誇《ほこ》った顔をする。イラッとするのだ。

「その歳《とし》でそれはどうなんだ……。さて、おまえ、ちょっとこいつ抱《だ》いてみろ」

天雫は泣いている赤ん坊の首根っこを摑《つか》んでこちらに差し出した。片手で鷲摑《わしづか》みにされている赤ん坊を見れば、手を差し伸《の》べずにはいられない。しかし抱けと言われてもそれはちょっと怖《こわ》い。

「む、無理だよ。赤ちゃんなんて抱いたことないもん」

「誰しも最初は初めてだ」

「そりゃそうだろうけど……」

とりあえずぎこちなく抱いてみた。赤ん坊は裸《はだか》におむつ一丁。ぷくぷくしてむちむちして触《さわ》り心地《ごこち》はとてもいい。見たところ人間の赤ん坊と変わりないが、背中にはちゃんと小さいながらも黒い翼《つばさ》があった。

天雫は軽々と抱いていたが、優眞の手にはずっしり重い。そしてとにかくうるさい。

見よう見まねであやしてみるが、泣き声は大きくなるばかり。

「ど、どうしたら泣き止《や》むの？」

「気が済むまで泣かしておけばいい」

「そんな……」

「子育ては一応みんなでする、ということになっているが、大抵《たいてい》、放《ほう》っておけば勝手に大きくなる」

「勝手にって……」

「とはいえ、一応ものの道理は教える必要がある。さっきの女が面倒《めんどう》見ると言っていたんだが、嫌《いや》になったらしい」

「まあ、この調子でずっと泣かれたら嫌になるかも……」

抱き方が悪いのかもしれないと、いろいろやってみるが効果はない。

天雫はさっきの家から十メートルほど離《はな》れたところにある、同じような高床式《たかゆか》の家に近づいて、階《きざはし》を上り、戸を開けた。中を覗《のぞ》き込んで確認する。

「ねんーねーん……あれ？　なんだっけ……」

抱き方じゃないなら子守歌《こもりうた》でどうだ、と思ったのだが、肝心《かんじん》の歌詞がわからない。

「おまえの歌はなんでもうろ覚えだな」

天雫はこちらを見てクスッと笑った。

「そんなことないよ」

ムッと口を尖《とが》らせる。子守歌はたとえ歌ってもらっていたとしても、物心つく前なのだから、覚えていないのはしょうがない。天雫が聴《き》いたことのある優眞の歌はひとつのはずで、それだったら別にうろ覚えではない。

「かーらーすーなぜなくのー、からすはやーまーにー……」

聴いてみろとばかりに歌い出す。合わせて身体《からだ》を揺《ゆ》らすと、赤ん坊《ぼう》の泣き声が少し小さくなった気がした。歌い続けると、赤ん坊は目をパチパチさせて泣き止んだ。

「まーぁるーい、めぇを、しーた、いーいー子ぉだーよぉ」

最後まで歌ってみれば、終わった時にはすやすやと寝《ね》ていた。

「驚《おどろ》いた。これは……俺の子かもな」

天雫は優眞のところに戻《もど》ってきて、その腕《うで》の中で満足したように眠《ねむ》る赤ん坊を見ると、ボソッと呟《つぶや》いた。

「え？」

「いや。じゃあこいつはおまえに任せる」

「え？　ええ!?　任せるって……」

「大きい声を出すと起きるぞ？」

「あ……。でも僕、赤ん坊なんて無理だよ。なんにもできないよ」

声を潜《ひそ》めて訴《うった》える。

「だからそのへんに転がしておいていい」

「そんなわけには……」

「大丈夫だ。なにか粗相《そそう》をしたら叱《しか》る、それだけでいい。天狗《てんぐ》は独りで生まれ、独りで死ぬ生き物だ。親は特に必要ない」

「そう……そうなんだ……」

親に世話してもらって、親の言いなりになって、そして逃《に》げてきた優眞には耳が痛かった。親なんていない方がいいと思ったのは一度や二度ではないが、いなければ生きてこられたかわからない。

人間と天狗は違う。比べても意味はないとわかっているけど比べてしまう。

自分は甘えていたのだろうか……。

「こっちに建っている家は全部人間用だ。囲炉裏《いろり》があるから暖かいし、人間はプライバシーってものが必要だろ？　ひとりに一軒渡《いっけんわた》している。おまえはここに住め」

天雫は中を確認《かくにん》した家を指さして言った。

「えっと……僕、独りで？」

周囲に二、三軒の家は見えるものの、森の中の一軒家。木々がゴーゴーと音を立て、朝だというのに不気味だった。夜になったらたぶん真っ暗で、想像しただけでちょっと怖い。

「天禄も付けてやる」

「いや、それはそれで、なんというか……」

独りは心細いが、赤ん坊と二人きりは気が重い。

できれば天雫に一緒《いっしょ》にいてほしいけど、昨日も一緒に寝てもらった。一晩だけだと言われていたのに、これ以上わがままは言えない。

腕の中の赤ん坊に目を落とし、そっと上目使いに天雫を見る。なにも言えないままじっと見つめる。

「おまえ……それ、自分の目力、計算に入れてやってるだろ」

「目力？　僕の目って、なにか変？　おまえに見られると変な気分になるとか、気持ち悪いとか、よく言われたけど……」

思い出して暗い気持ちになった。見ているだけで相手の気分を害すらしいのだ。

「変な気分、ね……。まああんまり、じっと見ない方がいいかもな」

「そうなんだ……。ごめんなさい」

天雫もそうなのかと悲しくなって視線を落とした。どこを見ればいいのかわからない。

「ああ違う。じっと見るなと言っただけで、見るなとは言ってない。俺のことは見ていいし、してほしいことがあるなら口に出して言え。子供のくせに変な遠慮《えんりょ》をするなと言っただろう」

天雫は頭をガシガシと掻《か》きながら困ったように言った。視線を上げれば目が合って、逃げるようにまた視線を落とす。

「じゃあ、あの……ちょっと怖いので、夜は一緒にいてほしい、です」

恐《おそ》る恐る望みを口に出してみた。きっと呆《あき》れられる。迷惑《めいわく》がられる。怒《おこ》られるかもしれない。

「慣れるまで泊《と》まってやる」

返事を聞いてハッと顔を上げる。

「本当に!?」

「一応、嫁《よめ》ってことになってるからな」

「あ、ありがとう！」

渋々《しぶしぶ》という感じではあったが、すごくホッとした。天雫は優《やさ》しい。顔は怖いけど。

赤ん坊を抱いたまま、指先で天雫の袖《そで》を摑んで、ヘラッと笑う。

「おまえ……本当に男か？」

呆れたような声に手を離《はな》してうつむく。独りが怖いなんて確かに男らしくない。顔だけじゃなく中身まで女っぽいと言われた気がして傷ついた。

「いや、そういう意味じゃなくて……。とにかくここでは自己主張しろ。遠慮や我慢《がまん》は意味がない」

「うん……。じゃあ、あの、ふつつか者ですが、これからどうぞよろしくお願いします」

嫁らしく言って、頭を下げた。顔を上げると天雫は少し困った顔をしていた。

どうすれば気に入ってもらえるのだろう。見てもいいと言われたけど、本当は見ない方がいいのだろうか。女みたいな顔が気に入らないと言われたら、それはどうしようもない。

でも天雫は自分を拾ってくれた。人の面倒は見ないと言いながら、いろいろ面倒を見てくれている。気に入らないからといって、暴力を振《ふ》るうようなことはしない。

それだけで天雫は優眞にとって信頼《しんらい》に値《あたい》する人だ。信じてついていくしかない。

ここに来てから、不思議なほど父親のことも学校のことも、今までのことがまったく気にならなかった。見慣れない景色、家、考え方も生き方も違《ちが》う生き物。なにひとつ現実味はないのに、それに対する不安感はない。

今からどうなるのか、わからないことにワクワクしているくらいだ。天雫のそばにいると安心するし、温かい気持ちになる。

みんながみんな天雫に惚《ほ》れるなと言っていたが、自分は男だ。女の人たちとは違う。

腕の中ですやすや眠る小さな命を見下ろし、今の自分はこの子と同じだと思った。天雫を信頼してすべてを預ける。未来には絶望ではなく希望がある。

どうかどうかこれが夢ではありませんように――。優眞は心から願った。


布団《ふとん》を二つ並べて敷《し》き、間に子供を寝かせ、川の字で寝た。

夜は屋敷《やしき》よりさらに風の音がひどく、時に獣《けもの》が唸《うな》り声をあげているようにも聞こえてビクビクした。独りではきっと眠れなかっただろう。天雫はさっさと寝てしまったが、そこにいてくれるだけで心強い。

目を閉じれば赤ん坊の暢気《のんき》な寝息《ねいき》が聞こえて、それにもホッとする。

赤ん坊《ぼう》の名前、天禄坊《てんろくぼう》というのは母親がつけたらしい。父親は天雫だと主張したかったのかもしれない。しかしここでは誰《だれ》もそれを重要視しない。

重要なのは親が誰かということではなく、力の有無《うむ》。天狗の自然を操《あやつ》る力。それをなにに使うのかは知らないが、その力が強いかどうかはかなり重要らしい。

天雫はそれが強いから里長《さとおさ》なのだ。年齢《ねんれい》は関係ない。この子がもっと力が強ければ、成人したら里長になるのだろう。

この子を産んだ女性は今どうしているのだろう。天雫を諦《あきら》めて、子供も置いていく気持ちは如何《いか》ばかりだったか。

でも人間が里を出る時、この里でのことは記憶《きおく》から消されるらしい。神隠《かみかく》しに遭《あ》って帰ってきた者は、その間のことは覚えていない。そこは昔話の通り。

だから今はここでのことはすべて忘れて人間界で生きている。

忘れたら幸せになれるのか。どうにもならない辛《つら》いことなら忘れてしまった方がいいのかもしれないけど、それでもやっぱり忘れたくないと優眞は思う。

母親に捨てられたことも、父親に変な目で見られていたことも、殴《なぐ》られたことも、自分が命を捨てようとしたことも――。覚えていてもなにもいいことはないが、忘れたくない。忘れてはいけない気がする。

「眠れないのか？」

視線を向けると天雫がこちらを見ていた。優しい目だ。

「ううん、おやすみなさい」

自分の布団に潜《もぐ》り込んで目を閉じた。優しい色の夢を見た。

朝起きると、天雫も天禄もいなかった。一緒に出ていったのかと思ったが、放《ほう》っておけばいいと言っていた天雫が天禄を連れていくとは思えない。

「禄《ろく》ちゃーん？」

家の間取りは1Kバストイレ付き。部屋の広さは八畳《じょう》ほどで、家の中の捜索《そうさく》はあっという間に終わってしまう。少しばかり焦《あせ》りを覚えながら外に出て、捜《さが》しながら屋敷に向かって歩く。その途中《とちゅう》に畑があった。

なにが植えられているのか興味津々《きょうみしんしん》だったが、今は天禄を捜すのが優先と素通《すどお》りしようとした。が、バリバリボリボリと音がして、足を止める。猪《いのしし》か？　と恐る恐る見回せば、天禄がちょこんと畝《うね》の間に座っていた。

その手には葉も土もついたままの大根。噛《か》み音は猪ではなく天禄だった。

「え？　え？　生で食べてるの？」

慌《あわ》てて近づいていくと、天禄はこちらを見て噛み痕《あと》のある大根を差し出してきた。

「くれるの？」

問いかければ天禄はうなずいた。どうやら言葉もわかるらしい。転がしておいても育つという言葉は、比喩《ひゆ》などではなかったようだ。

「あ、ありがとう……。でも、こういうのはちゃんと洗って食べなくちゃ」

とは言ってみたものの、そういう人間の常識が天狗《てんぐ》にも通じるのかわからない。

「それにしても……瘦《や》せた大根だね」

優眞が見たことのある大根はスーパーで売られているもの。その中にこんな細い大根はない。種類が違うのか。それとも早く引き抜《ぬ》きすぎたのか。長さは同じくらいあるのだけど。

天禄は手を伸《の》ばし、今度は白菜をちぎって口に運んだ。

「待って。これ、料理してあげるから。たぶん生で齧《かじ》るよりおいしいよ」

どこまで理解できるのかもわからずに言ってみる。すると天禄は立ち上がり、両手をこちらに伸ばしてきた。

どうやら抱《だ》き上げろということらしい。

天禄が目を開けているところを光の下で初めて見たが、ちっさいくせになかなかの男前だ。今まで見た天狗たちも、天雫を筆頭にみな顔立ちは整っていた。天狗というと和の妖怪《ようかい》という印象だが、顔はちょっと濃《こ》いめが多い。鼻が長かったり嘴《くちばし》が付いていたりする天狗のイメージイラストもそういえば顔の彫《ほ》りは深い。

　天禄を抱き上げて台所へと向かう。一応分別はあるので、人が育てている野菜を勝手に引き抜くことはしない。

　台所には今日も利美がいた。

「おはようございます」

「おはよう！　聞いたわよー、天禄の面倒《めんどう》見ることになったんだって？　あら、泣いてないのね」

「あの、すみません。この子に大根を料理してあげるって約束したんですけど、台所借りてもいいですか？」

「あら、料理できるの？　どうぞどうぞ。野菜はそこにあるの、適当に使っていいわよ。でもここは冷蔵庫がないから、お肉は干し肉しかないし、調味料はそこにあるだけね」

　台所にあるべきなにかがないと思ったら、冷蔵庫がないのだ。調味料は本当に基本的なものだけだったが、顆粒《かりゅう》状のものなど常温保存できるものはわりと揃《そろ》っている。

「電気が来てないんですね」

　そういえば、松明《たいまつ》だったり、囲炉裏《いろり》だったり、明かりや熱は火で取っていた。

「そうなの。不便だけど、慣れちゃえばなんとかなるものよ」

「耐《た》えられますか？」

「耐えられなくて出ていく人は後を絶たず、よ。でも、暗くなったら寝《ね》てしまえばいいし、特に急ぐ必要もないから、手間暇《てまひま》かけてやるのも楽しめる。ないものは諦めて、他《ほか》の楽しみを見つけて、なんとかなるものよ。どうしても欲しいものは頼《たの》めば買ってきてくれるし」

「じゃあの、野菜がみんな小さかったり細かったりするのは、品種改良がされてないから、とかですか？」

「ああ、それはね……同じ種でもここでは大きく育たないの。たぶん土が悪いんじゃないかしら。よくわかんないけど」

優眞は材料の場所を利美に訊《き》きながら、手際《てぎわ》よく料理を作る。

「あらまあ、上手ね」

「ずっとしてたので」

「さすが天雫くんが連れてきただけのことはあるわね」

「天雫さんは今まで女の人を連れてきたことがないんですか？」

「私の知る限り、ないわね。天狗は耳がよくて、女の悲鳴とか泣き声とか良く聞こえるらしいの。それでまあ、逃《に》げ出したいけど逃げられないでいる女性を、同意の上でここに連れてくるっていうのが一番多いみたい。ここじゃない他の山の天狗は、同意もなく攫《さら》ってきたりすることがあるらしいけど。天雫くんはね、人間は人間界にいるのが一番いいって思ってるみたいで、助けてやってもここには連れてこないのよ。人間界でキャッチアンドリリース。でも里の存続のためには子供がいるし、そのためには女がいる。ジレンマよね。利用してるって気持ちがあるから、女には優《やさ》しいのよ、たぶん」

「なるほど……。人間界に行き場がない子供だから連れてきてくれたんだ……」

そして男だから。子を産ませるために連れてきたわけじゃないから罪悪感を持たずに済む。

「単純に、可愛《かわい》かったから、かもよ？」

「それはないと思います」

「冷静ねえ。ぶっちゃけどうなの？　天雫くんのこと好き？」

「好き……？　いや、えっと……まだそういうふうには考えられないっていうか……」

「そっか。でも好きになっちゃうと思うなあ。好きにならない方がいいとも思うけど」

「じゃあ、なるべく、好きにならない方向で」

にっこり笑えば利美は、「いやん、可愛い。私が好きになっちゃいそう」などとおどけて見せた。

天禄が煮《に》立《た》った鍋《なべ》に突入《とつにゅう》しようとして、利美に止められる。すると途端《とたん》に泣きはじめる。

「ああもう、うるさい」

「あ、七つの子を歌ってみてください。昨日はそれで泣き止《や》んだんです」

天禄を抱きながら顔をしかめる利美に言ってみた。

「七つの子？　かーらーすーって、あれ？」

「それです」

利美は半信半疑の顔で歌い始めたけど、まったく泣き止まない。昨日のあれはたまたま泣き止むタイミングだったのか。ちゃんと聴《き》いているように見えたのだが。

泣き声を聞きながら大根の煮付けを作り上げた。父親が手のかかる和食が好きだったので、そういうのを作るのは得意なのだ。イカやブリはなかったが、サバの缶詰《かんづめ》があったので、一緒《いっしょ》に煮付けた。

泣き続ける天禄にうんざりしたらしい利美は、竹かごの中に天禄を放置して、優眞の手つきを褒《ほ》めた。

嫌々《いやいや》やっていたことでも、身についていれば役に立つ。美味《おい》しくないと父の機嫌《きげん》が悪くなるので手を抜かなかったのがよかったらしい。父のためではなく、自分のために必死だったのだ。

「いい匂《にお》いがするな」

匂いにつられて天雫がやってきた。

「天雫くん、見る目あるわ。いい嫁《よめ》連れてきたわよー。まだ小さいのにすごい」

利美は優眞を絶賛した。というのも、来る女性来る女性、みんな料理ができなくて、もしくは下手くそで、渋々《しぶしぶ》料理番をしていたらしい。

褒め言葉に嬉《うれ》しくなり、小さいという言葉は聞き流した。

「できたよ」

と言った途端、天禄が泣き止んだ。竹かごの中でむくっと起き上がり、その小さな翼《つばさ》でパタパタと飛ぶ。

「飛べるんだ……可愛い」

天狗というより、デフォルメされた悪魔《あくま》という感じ。尻尾《しっぽ》を着けて杖《つえ》を持たせたい。

鍋に着地しようとしたから、慌《あわ》てて摑《つか》む。いくら人間じゃないとはいっても、火傷《やけど》はするだろう。そこで天雫が横から手を出して、大根をひとつ抓《つま》んで口に入れた。

「わぁあーあー」

また天禄が泣き始めた。これはわかる。先を越《こ》されたと怒《おこ》っているのだ。

「天狗は熱さ感じないの？」

「いや、熱い。でも、美味《うま》いな」

そう言われて優眞は満面の笑《え》みになった。褒められると嬉しい。父は滅多《めった》に褒めてくれなかった。褒めると図に乗るから、というのがその理由。辛《から》いだの塩《しょ》っぱいだの、そういう細かい注文は口にしていたけど。

そのおかげで料理はうまくなったが、父に感謝する気にはまだなれない。

天禄は泣きながら鍋の中に手を突《つ》っ込み、やはり熱かったようでまたけたたましく泣く。

「もう……意地悪で止めたんじゃないんだよ？」

優眞は大根を皿に取って冷まし、小さめにほぐして天禄の前に置いた。今度は恐《おそ》る恐る手を伸ばし、抓んで口に入れる。無言でむしゃむしゃと全部食べると、おかわりを要求してきた。

「気に入ってくれた？　よかった」

人の役に立つと、生きてもいいと許可をもらったような気分になる。みんなの役に立てば、居場所がもらえるかもしれない。

煮付けを食べ終えた天禄は、満足したようで、パタパタ飛んで優眞の胸にしがみついた。抱《だ》いてやると、すやすやと眠《ねむ》りにつく。

「調子に乗ってるな、このガキ」

天雫はガキと言いながらも、子供に向けるには少々辛辣《しんらつ》な目を天禄に向けた。

「天禄にとっては歳《とし》も近いし、もしかしたら自分の嫁候補くらいに思ってるかもね」

ライバル？　などと、利美は天雫をからかう。天雫は返答に困っている。

「それはないよ」

いくらしっかりしててもまだ赤ん坊《ぼう》だ。

「天狗《てんぐ》を甘く見ちゃ駄目《だめ》よ。鳥が雛《ひな》でいる時期は短いでしょう？　それよりは遅《おそ》いけど、人間よりかなり早いわ。あなたと同い年になるのに、たぶん五年くらいかしら」

五年で十四歳相当ということは、単純計算で七年くらいで成人することになる。

「もしかして、天雫さんってものすごく若かったり……」

「俺はそこそこ生きてる。成人するのは早いが、そこで成長は止まって、ゆっくり老化する。

今から学問所に行くからそういうことも教えてもらえ。そいつはそのカゴの中に突っ込んどけ」

そいつというのはもちろん天禄のことだ。これまでの行動から、放《ほう》っておいても大丈夫《だいじょうぶ》だということはわかったが、赤ん坊をカゴに突っ込んで放置というのは、人にはなかなかできない。

「抱いていってもいい？」

「起きたら面倒《めんどう》くさいだろ。うるさいし」

「その時はどこか連れていくから」

学問所には行きたい。天禄が泣けば迷惑《めいわく》になるというのもわかる。しかし手放したくない。

「そういう良心みたいのって、ただの自己満足だぞ？」

「うん。そうなんだと思う。でもなんか……置いていったら気になるし」

「好きにしろ」

天雫が不機嫌《ふきげん》になるとビクビクしてしまうが、自己主張しろと言ったのは天雫だ。それで暴力をふるわれるようなことはない。そう信じる。

勝手口を出て少し歩くと、日当たりのいい畑がある。その向こうに少し大きめの建物があった。優眞が与《あた》えられた家とは、畑を挟《はさ》んで逆方向。

天狗の里の人口密度はたぶんかなり低いのだろう。最初に屋敷《やしき》でまとめて見てから、他《ほか》の天狗をほとんど見ていない。

「その下駄《げた》、歩きにくくないの？」

天雫が履《は》いている一本歯の高下駄は、不安定で歩きにくそうに見えた。ただでさえ背が高いのに、それを履かれると首が痛くなるほど見上げなくてはならない。

「これはこの不安定が心地《ここち》よくて履いてるようなものだからな。歩きやすいなどということは求めていない」

「……はあ」

天雫の言い分が優眞には理解できなかった。しかしその歩き方は半ば飛んでいるようなので、安定が必要ないのはなんとなくわかった。

優眞は女物の着物の上に半纏《はんてん》を着て、足下《あしもと》は誰かの草履。元々着るものに頓着《とんちゃく》はなく、ミニスカートでなければなんでもよかった。

学問所は、ここに来て初めての高床式《たかゆか》ではない建物だった。長屋のような平屋建て。木戸を開けて中に入れば、黒板と机と椅子《いす》というなじみ深い、しかし五十年くらい時代を遡《さかのぼ》ったような雰囲気《ふんいき》の教室があった。

教師が一人に生徒が三人。生徒の見た目年齢《ねんれい》は、優眞と同じくらいのが一人と小学校低学年くらいのが二人。

「昴夜先生、うちの嫁はお勉強がしたいんだそうだ。なんか教えてやってくれ」

「なんかってなんだよ。ここで教えてるのは主に人間のことだぞ。あ、そうだ。そいつが先生になって、こいつらに教えてやればいい。で、そいつは迅来《じんらい》に天狗のことを教わる。俺はお役《やく》御免《ごめん》で万々歳《ばんばんざい》」

教師は最初に会った鴉《からす》の男だった。相変わらず口の端《はし》にちょっと嫌《いや》みな笑みを浮かべて優眞を見る。

「そのエロガキとうちの嫁を二人きりにするな」

「おお、天雫がそんなこと言うなんて。つくづくすごいな、お嬢《じょう》さん」

なにがすごいのかわからなかったが、またじろじろと見られる。感心するようなことを言いながらも、視線はどこか冷たく、優眞は天禄をギュッと抱いて、視線を泳がせる。

「長《おさ》、俺はエロガキじゃありません。えっと、ユウだっけ。俺は迅来坊《ぼう》。同じくらいの歳の奴《やつ》がいなくて寂《さび》しかったんだ。女にはまったく興味ないから、心配はいらないぞ」

優眞と同じ年頃《としごろ》に見える天狗は、人懐《ひとなつ》こい笑みを浮かべてそんなことを言った。顔が丸くて愛嬌《あいきょう》がある。女に興味がないということは、ゲイということか。つまり天狗が好きということ？　どっちみちおまえは圏外《けんがい》、ということなのだろう。

「だからだろうよ……」

天雫は溜息《ためいき》に紛《まぎ》らせて小さく呟《つぶや》いた。

「おまえの嫁に手を出す馬鹿《ばか》は、この里にはいないって。おまえなにを心配してるんだ？」

「別に。ユウ、この横に書物庫がある。好きに読んでいい。が、古いものが多いから読めないかもな。欲しい本があるなら言え。買ってきてやる」

「え、いいの⁉」

「それくらいは別にかまわん」

「ありがとう！」

嬉《うれ》しくなって笑顔で礼を言えば、なぜかシンと静かになった。

「なるほど。おどおど暗い顔をしてる時とのギャップがえげつないな」

「天雫さまの嫁《よめ》、可愛《かわい》いっす！」

「可愛いっす！」

小さめの生徒二人に輪唱のように言われた。

「え、可愛いって……」

そう言った子たちも可愛かった。こんなに邪気《じゃき》なく可愛いと言われたのは初めてかもしれない。みんなの注目を浴びれば頬《ほお》が熱くなり、どうすればいいのかと天雫に救いの目を向ければ、目を逸《そ》らされた。

しかしその手は優眞の頭に。

「言われとけ、女の子」

大きな手でポンポンと頭を叩《たた》かれた。

そうだった。今は女の子だと思われているから、可愛いと好意的に言ってもらえるのだ。男

だとわかった途端《とたん》、なぜか同じ言葉に悪意がにじむ。ニヤニヤ笑いながら「可愛いねえ、優子《ゆうこ》ちゃんは」などと言われたことを思い出し、また視線を落とす。

「おやまた暗くなった」

昂夜が言うとほぼ同時に、天禄がけたたましい泣き声を上げげた。

「あ、わ、ごめんなさい。出ます」

慌《あわ》てて教室を抜《ぬ》け出して外に出る。どうしていいのかわからないから、とりあえず歌ってみた。するとやっぱり天禄は泣き止《や》む。じっと優眞の顔を見て、

「あーこん」

と言った。

「え？　禄ちゃん、喋《しゃべ》れるの？」

「いや。たぶんそれがこいつの初めての言葉だ」

背後から天雫が言った。

「へえ。嬉しいな。大根、そんなに美味《おい》しかった？」

問いかければ天禄はうなずいた。沈《しず》んだ気持ちが少し浮上《ふじょう》する。

「可愛いなあ、禄ちゃんは」

赤ん坊は可愛い。男も女も関係ない。

成長するとなぜ、男とか女とかいうことに囚《とら》われるようになるのか。

「よーし、今度はふろふき大根作っちゃうよ！」

言えば天禄がニマッと笑った。それは子供らしくない笑顔《えがお》だったが、天禄らしい表情のような気がした。

里に来てから半年ほど。不便さは生活を濃厚《のうこう》にした。なにをするにもけっこう大変で、人は楽だから余計なことをいろいろ考えるんだな、ということはわかった。

不便だと毎日必死で生きなくてはならない。

ただ、人間には大変でも、天狗《てんぐ》には簡単ということは多い。そして、天雫には簡単でも、他の天狗には難しいということも多かった。

思い通りに火を付けることも、天雫は雑作もなくやってのけるが、迅来などに言わせると、あんなのは神業《かみわざ》らしい。かなり集中しないと火は付けられないし、その大きさを調節するには修行《しゅぎょう》が必要だ。

「修行したら僕でもそういうことできるようになる？」

「やめておけ。絶対にできないとは言わないが、小さな火を灯《とも》すだけに、一生を辛《つら》い修行に費《つい》やすことになる。人間は自然を敵に回して生きているから、そう簡単に協力してはもらえない」

「じゃあ昔の人は天狗みたいなこともできた？」

「できる奴もいたらしい。それは俺も伝説程度にしか知らん」

「ふーん」

囲炉裏《いろり》を囲んで天雫と話をするのは楽しかった。大概《たいがい》のことは訊《き》けば教えてくれる。面倒《めんどう》くさそうなのはどうやら天雫の基本姿勢らしかった。

何事も面倒だとか、不本意だとかいう顔をしながら、実はよく動く。修行などしていないような顔をして、ハードに自分を追い込むらしい。でもそういうところは人に見せない。

格好つけ、なのだろう。

勉強なんかしてないという顔をして、裏で猛勉強《もうべんきょう》をして、テストでは涼《すず》しい顔で満点を取るタイプだ。

そういうことは昴夜がこっそり教えてくれる。昴夜は取っつきにくいが、里では珍《めずら》しい研究家肌《はだ》で、勉強好きな優眞と意外に気が合った。迅来は勉強というか、机についているということ自体が苦手なようで、教室に来ないこともけっこうあった。

天狗は個人主義。勉強をするもしないも自由。

優眞が勉強するのはみんなの役に立つため。

好きな畑仕事を手伝いながら、まずは土について勉強した。

「極力自然を壊《こわ》さず共存する」のがこの里のポリシーらしいのだが、なにもしなければ、悪化することもある。

作物という恵《めぐ》みを受け取るなら、土には肥料を与《あた》えないといけない。作物に養分を吸い取られ、土は痩《や》せていくばかり。結果、作物も痩せてしまう。

それにここは耕作に適した土地ではない。かなりの高地のようだし、近くには有毒ガスを発する地獄《じごく》谷があるらしい。だから温泉も湧《わ》くわけだが、田畑に適しているとは到底《とうてい》言えない。

「天雫さん、お願いがあります。こういう本を買ってきてほしい、です」

優眞は、地質や農業に関する本、そして料理に関する本を買ってきてくれるよう天雫にお願いした。頼《たの》めばいいと言われていたが、最初は恐《おそ》る恐る、こんなことを頼んでもいいのかとビクビクしながら頼んだ。

「ああ？　こんなんじゃなくて、もっと娯楽《ごらく》、みたいなのでもいいんだぞ？」

「僕にとってはこれが娯楽っていうか……」

「おまえは本当、変なガキだな」

次の日にはそういった本がごっそりやってきた。

「わあ、すごい。これ、どうやって手に入れるの？　お金って……」

「ガキはそんなこと心配しなくていい。別に盗《ぬす》んできたわけじゃない。天の恵みだと思って受け取っておけ」

「わかった。神様天雫様ありがとう」

ありがたく受け取ってせっせと勉強する。

勉強をしていると、知りたいことが出てくる。

「天雫さん、これをどこかで調べてきてほしいんだけど……」

天雫に土を渡《わた》して成分の分析《ぶんせき》を頼んでみた。

「はあ？　おまえな……俺を使いっ走りにするのはおまえくらいだぞ」

里に来て半年も経《た》てば、周囲の状況《じょうきょう》や人間関係……天狗関係もわかるようになった。誰も天雫を使いっ走りになんてしない。最初に赤ん坊《ぼう》を押しつけられているのを見たのでちょっと誤解したが、あれはあの女性が天禄を天雫の子だと思っていたからで、当てつけのようなものだった。

やっぱり長《おさ》は偉《えら》いのだ。里の者はみな、特に年配の天狗たちは、天雫を下にも置かぬ扱《あつか》いだった。

それは天雫が里のために力を磨《みが》いているのだと知っているから。天狗の使命は天命を遂行《すいこう》すること。それには力が必要で、遂行できなかった場合、里ごと消されることもあるらしい。しかしその天命というのがどういうものなのかは誰も教えてくれなかった。

里の存続は天雫にかかっていると言っても過言ではないと聞いた。

「使いっ走りだなんて思ってないよ。欲しいものがあったら言えって天雫さんが言ったし。天雫さんならなんでもできるんじゃないかって。じゃあ他《ほか》の誰かに……昴夜さんに頼んでみる」

「はあ？　昴夜がおまえのお願いなんか聞くわけないだろう。まあおまえのことはわりと気に入ってるみたいだが……」

ブツブツと言った。優眞としても、昴夜がお願いを素直《すなお》に聞いてくれるとは思っていない。

「じゃあ……諦《あきら》める」

シュンとして見せれば、天雫は眉間《みけん》に皺《しわ》を寄せた。

「優眞……おまえなんか図々《ずうずう》しい女みたいになってきてるぞ」

その言葉がぐさりと胸に刺《さ》さった。

自分でも図々しくなったという自覚はある。でもそれは天雫が甘やかすからだ。お願いをなんでも聞いてくれるから。天雫のそばにいると調子に乗りたくなってしまう。

どこまで許されるのか試したくなってしまう。

でも、ちょっとでも嫌《いや》な顔をされると途端《とたん》に怖《こわ》くなる。

「もういいよ。調べなくても、いろいろ試《ため》してみればいいんだし……」

完全に拒否《きょひ》される前に引っ込めた。調子に乗りすぎて嫌《きら》われたくない。

優眞は袋《ふくろ》に入った土を手の中に握《にぎ》り込む。それを天雫は取り上げた。

「調べるくらいは別に、雑作もない」

そう言って飛び立っていった。

「甘やかしすぎだよ……」

黒い翼《つばさ》を広げて悠々《ゆうゆう》と飛んでいく後ろ姿を見送る。

女みたいな自分が嫌だったはずなのに、どんどん心が女みたいになっていくのを止められない。女だったらずっとそばにいられたのに……、なんてことを考えてしまう。

でも自分にはタイムリミットがあって、大人になったら、男になったら、終わりなのだ。ただそばにいることすら叶《かな》わなくなる。

声が掠《かす》れるたび戦《おのの》いた。風邪《かぜ》だとか、喉《のど》の具合が悪かっただけだとかわかってホッとする。

ここを出ていく時には、記憶《きおく》を消される。それがなによりも一番怖かった。

しかし、記憶を消すなんていう超人的《ちょうじんてき》な能力に、どう太刀《たち》打《う》ちすればいいのか――。

忘れたくないと強く思うことくらいしか思いつけなかった。里のことも、みんなのことも、天雫のことも、忘れない。忘れたくない。

頭の中に刻みつけるため、優眞は里の中を歩き回って、果てを探した。

ここがどこなのか知って、自力で戻《もど》ってくるために。そんなことをしても、記憶を消されてしまえば一発でアウトなのだけど。

森はどこまでも続いていた。一度だけ木々がまばらになっているところに辿《たど》り着き、景色の変化に若干浮《う》き浮きしながら歩いていたら、いきなり意識を失った。

「なにをやってる!?　おまえ、死ぬぞ！　地獄谷のガスは人間がここに立ち入るのを防いでもいるんだ。発見が早かったからよかったようなものの……」

目覚めると天雫にこっぴどく怒られた。初めて本気で怒鳴《どな》られた。

地獄谷が里の結界のような役割を果たしているらしい。そこが里の端《はし》であることは確かのようだが、人間は出ることも入ることもできない。

「ごめんなさい」

倒《たお》れている優眞を見つけた天雫が真っ青だったことは、後で聞いた。

「出たいなら出してやるが？」

冷たい一言に竦《すく》み上がる。

「で、出たくない、です……ごめんなさい」

有毒ガスは天へ立ちのぼり、里の上空を抜《ぬ》けている。天狗《てんぐ》の風を操《あやつ》る力によって、里の中には入ってこないようにしているらしい。木々が揺《ゆ》れてもあまり風を感じないのは、遥《はる》か上空を風が吹《ふ》き抜けているから。ガスと風で里は護《まも》られている。

自然を味方に付け、人間を拒絶《きょぜつ》する。優眞は懲《こ》りもせず、地獄谷とは違《ちが》う方向にも歩いてみたのだが、行けども行けども森に果てはなかった。

「迅くんは自由に行き来することができるんだよね？　ここって、どこにあるの？」

天雫に訊《き》いても人間の地図には載《の》っていないと言うだけで、どの辺りかということすら教えてくれない。昴夜もそうだった。だから迅来に訊いてみた。教室で、二人きりの時に。

「どこって……知ってても入ってくるの、無理だよ？　ガスだけじゃないんだ。狐《きつね》に化かされて山の中をぐるぐる歩き回るみたいに、永遠にさまよい続ける。力のない者は、里を出ることも入ることもできない」

「じゃあ、迅くんに頼んだら、出入りさせてもらえる？」

「ユウを抱《だ》いては無理だな。女を連れてくる時は、天雫様か昂夜さんにお願いするんだ。その力を持ってるのはあの二人だけだから」

「そっか……」

机に突《つ》っ伏《ぷ》す。

天狗はわりとなんでも寛容《かんよう》で、子育ても完全放任だし、規律を守れなんてことも言わない。でも、里を護ることに関してだけはみな厳しい。人間に踏《ふ》み荒《あ》らされるのを無意識に恐れているのかもしれない。

「俺が力つけて、自由に行き来させてやるよ」

「ありがとう、迅くん」

顔を上げて微笑《ほほえ》む。迅来はあまり努力家ではないので望み薄《うす》だが、そう言ってくれることが嬉《うれ》しかった。

女には興味がないという迅来といるのは気が楽だった。実際は男同士だけど、迅来は男が恋《れん》愛《あい》対象で、女のふりをしている優眞は範疇《はんちゅう》外。だから友情を築けるという複雑なことになっている。

優眞にとっては気楽な男友達。初めての男友達だ。

迅来は単純に、自由に出たり入ったりしたいのだろうと考えているらしかった。強制的に外に出される運命だなんて思っていない。記憶を消されて迅来のことも永遠に忘れてしまうかもしれないと言ったら、少しは頑張《がんば》ってくれるだろうか。

優眞にとっては迅来が最後の望みの綱《つな》だった。緩《ゆる》さ的に。そして、友達だから。

言うべきかどうしようか、じっと迅来の目を見つめる。

「なに？　ユウ」

「あの……あの、あのね……」

でもそれを言ってしまうのは、天雫との約束を破ることになる。天雫が里のみんなに嘘《うそ》をついていることもばらすことになってしまう。下手したらすぐに里から出されてしまうかもしれない。

「なに？　キスしてほしいとか？」

「は？」

「そんな目をしてたから」

「し、してないよ！」

「そう？　じっと見つめられちゃったから、ふらっとしそうになっちゃった。女にそんな気分になったの初めてだよ」

「え、あ、ごめん……」

最近は自分の目のことも忘れてしまっていた。じっと見つめても気持ち悪いなんて言われなかったから。あんまり人をじっと見ない方がいいと言われていたのに。

「ねえ、しよっか？」

「し、しないよ！」

迅来が身を乗り出してきて、思わず逃げる。

「なにをしてる？」

後ろから声がしてドキッとした。振《ふ》り返れば、窓の外から天雫と昂夜がこちらを見ていた。天雫の顔は険しく、昂夜はニヤニヤ笑っている。

「なんにもしてませんよー。仲よくお話ししてました」

迅来は飄々《ひょうひょう》と答えた。

天雫に「ちょっと来い」と促《うなが》され、優眞は天雫と一緒《いっしょ》に家に戻った。なんだか天雫が怒っているようなのが、少し怖《こわ》い。

「おまえ、迅来を手懐《てなず》けてどうするつもりだ？」

「は？　て、手懐けてなんていないよ。迅くんは友達なんだから」

「……友達だと思ってるのはおまえだけかもしれないぞ？」

「え……」

思わぬ切り返しに絶句してしまった。初めての友達なのだ。でもだからこそ、違うと言われたら自信はない。自分は迅来に女だと嘘をついているし、ちょっと利用しようともした。

「そうなのかな？　そうだよね……僕が男だって知ったら……。嘘つきを友達だとは思ってくれないよね」

「そういうことじゃない。でも、男だってことは絶対にバレるな」

釘《くぎ》を刺《さ》された。もしかしたらさっき優眞がバラそうとしていたのを見ていたのかもしれない。なにを言おうとしてるか気づいて、それで不機嫌《ふきげん》なのだろうか。

「はい。ごめんなさい」

謝る。とにかく謝って許してもらうのが、唯一《ゆいいつ》優眞にできること。

「なにを謝る？」

「あ、えっと……ちょっと調子に乗っていたから。ごめんなさい」

「謝らなくていい。おまえは調子に乗ったくらいでちょうどいい。ただ迅来を調子に乗せると面倒《めんどう》なことになる。あいつも含《ふく》め、天狗はみんなおまえに餌付《えづ》けされてるからな」

「餌付け？」

「前より野菜や飯が美味《うま》くなって、みんなおまえの料理を楽しみにしている。食に関心がなかったのは、まずかったからだったんだろうな。そういえば、里を出た天狗はグルメを気取って太る奴《やつ》が多い」

「それは、嬉しいけど……餌付けってなんか聞こえが悪い。あ、このまま専属シェフとしてここにいてもいいってことにはならないかな?」

「ならない。おまえは帰るべきだ」

「頑《かたく》なだよね」

「約束しただろう?」

「したけど……ずっとここにいたいんだ。どうしたらいられる?」

「無理だ」

「冷たい。女の人なら子作りしなくても永住してもいいんだって、利美さんに聞いたよ? それだったら僕も……」

「おまえは女じゃないし、まだガキだ。ここに永住するなんて決めるのは早すぎる」

「早すぎるって……じゃあ、いつになったらいいの? 大人になったら追い出されて、記憶《きおく》も消されちゃうのに、いったいいつ永住したいって言うの?」

堂々巡《どうどうめぐ》り。天雫は優眞を受け入れるつもりがないのだから、なにを言っても、どんなに自己主張しても無駄《むだ》なのだ。これだけは絶対折れてくれない。どんなにお願いしても聞き入れてくれない。

天雫に拒絶《きょぜつ》されるのは、なによりも辛《つら》い。

言ってるうちに目に涙《なみだ》が溜《た》まってきて、歯をグッと食いしばる。途端《とたん》に天雫が困った顔になった。泣く子供は苦手だと顔に書いてある。

「泣くな。おまえに泣かれると……俺は困る」

「泣いてないよ。泣いたってどうにもならないことがあるって、そんなことくらい、わかってるから」

ここに来て、あんまりいろいろ自由にさせてもらったから、少し駄目《だめ》だと言われたくらいでこのありさまだ。でも知ってたはずだ。世界は自分にそんなに甘くないということを。

「すぐに帰れとは言ってない。まだ……ガキだし」

「うん。うん。ずっと子供だったら、いていいんだよね？　僕は絶対大人にならない」

うつむいたらポタポタと畳《たたみ》に涙が落ちて自分で驚《おどろ》く。久しぶりに涙腺《るいせん》を緩めたから、締《し》まりが悪くなったのか。まだいられる、と安心して、緩んでしまったのか。

「あれ？　……やっぱ子供なのかな。でも、そんなに泣かない子供だったのにな」

慌《あわ》てて手の甲《こう》で目元を拭《ぬぐ》い、泣いてないよと笑ってみせる。

ベランダで泣いていても相手してくれるのは鴉《からす》くらいのもので、泣いても体力を消耗《しょうもう》するだけだと気づいて、泣くのをやめた。父親が起きている時だけ、嘘泣きをして、謝って、部屋の中に入れてもらった。そういう打算的に涙を使う子供になっていた。

「おまえが泣いても俺は、なにもしてやれない。だから泣くな」

「うん。僕はそんなに弱くないから大丈夫《だいじょうぶ》。こんなのちょっと、目から汗《あせ》が出ただけだから。……さて、天雫さんをメロメロにするために、料理の腕《うで》を磨《みが》いてこよっかな」

にこにこ笑いながら、伏《ふ》し目がちに天雫の横を通り抜《ぬ》けた。屋敷《やしき》の台所に逃《に》げ込んで、鼻をずるずるさせながら料理を作るのだ。

でも、木戸を開けようとしたところで、後ろから肩《かた》を掴《つか》まれた。そして引き寄せられ、抱《だ》きしめられる。

「天、雫さ……？」

「……なにしてんだ、俺は」

天雫は忌々《いまいま》しげに呟《つぶや》いて、だけどさらに強く抱き寄せた。

優眞はされるまま動けなかった。ちょっとでも動いたら、天雫が我に返って離《はな》れていってしまう。そう思ったから。

天雫の腕の中は安心で、ドキドキする。この時間が永遠に続けばいいのにと願わずにいられない。

でも、抱きしめられていたのはたぶんほんの少しの時間だった。

天雫は大きく息をつくと、離れて、そして飛んでいってしまった。夕焼けの空に向かって。

涙は一瞬《いっしゅん》で乾《かわ》いてしまったけど、心の中はうるうるして、ポカポカしていた。こういうのを幸せと言うのだろうと、初めての感覚を嚙《か》みしめる。

なぜ抱きしめられたのかわからない。天雫自身わかっていないようだった。泣いて抱きしめてもらえるのなら、いくらでも泣くのに。

でもたぶん、天雫は泣く子供が嫌《きら》いで、何度も泣いていたら鬱陶《うっとう》しがられるだろう。

天雫が好きだ。好きになるなと言われたけど、もうどうしようもない。

そこには子供っぽい執着《しゅうちゃく》と、大人の恋情《れんじょう》が入り交じっていた。

優眞ももう十五歳で、本当なら高校受験の真っ最中。気を引き締めて、恋《こい》は高校に受かってから、なんて言われているところだ。

両想《りょうおも》いなんて無理だとわかっている。でも、好きなものは好きなのだ。

抱きしめたりするから、はっきりわかってしまった。自分が女みたいに天雫のことが好きなのだということ。同時に望みがないこともわかってしまう恋。

今一緒《いっしょ》にいてくれるのは、男で子供だからだ。未来はない。

「ゆう。めし!」

天雫が飛び立った戸口から、天禄が顔を出した。天禄はいつもタイミングがいい。心が暗くなりそうな時に現れて、ほっこりさせてくれる。

幼児の可愛《かわい》らしさの効果的な利用法。そんなことは考えてないだろうけど。

「よーし、飯にしよう! なんにしようか。いいほうれん草ができたから、今日はほうれん草づくしかな」

無理に明るい声を出して言う。

「やー」

天禄は険しく眉《まゆ》を寄せ、首を横に振《ふ》った。

「好き嫌いはダメだよ。グラタンにすると美味《おい》しいんだから。まずはパンツを穿《は》こうか」

「むー」

天禄は一年で三歳児くらいのサイズになった。もうおむつは必要ない。トランクスのようなパンツを与《あた》えられているのだが、脱《ぬ》いだり穿いたりするのが面倒なようで、だいたいいつも全《ぜん》裸《ら》でふらふら飛んでいる。あそこのサイズも三歳児くらいなのでわいせつ物には当たらないが、人間から見ると風邪《かぜ》をひきそうで心配になる。

風邪をひいた天狗《てんぐ》というのはまだ見ていないけど。

天禄は渋々《しぶしぶ》というふうにパンツを穿いた。優眞も普段《ふだん》はパンツを穿いている。最初はふんどしを締めたが、翌日には天雫がどこからか人間用の服を各種手に入れてきてくれた。

ここにいる女の人たちも、服装は現代の服。自分好みの服を普通《ふつう》に着ている。着物を着ているのは利美くらいのものだ。

優眞は下着だけ、女物か微妙《びみょう》な線のボクサーパンツを穿き、服はずっと着物を着ている。

天狗たちが着ている ハーフ丈《たけ》の袴《はかま》は格好いい。柄物《がらもの》の色鮮《いろあざ》やかな着物より、真っ黒なあれがいいと思うあたり、まだ感覚は男のようだ。

優眞は天禄を抱《だ》き上げ、台所に向かう。

茜色《あかねいろ》の空。深い森。天禄の温《ぬく》もりも。天雫に抱きしめられたことも全部。全部忘れてしまうのか。いつか。

「ゆう、だいじょうぶ」

腕の中の天禄が言った。驚いて見れば、真っ直《す》ぐにこっちを見ている丸い目が二つ。

天禄は喋《しゃべ》り方こそ拙《つたな》いものの、意思の疎通《そつう》は図《はか》れる。時々妙《みょう》に大人みたいなことを言ったりもする。

「ありがとう。禄ちゃんは優《やさ》しいね」

「うん。ぼくすぐおとなになるから。だいじょうぶ」

「そっか。でももう少し子供でいてほしいなあ」

「わかった。もうすこしはこどもでいる」

「ありがとう。よーし、じゃあミカンの入った牛乳寒天も作っちゃおう」

天禄の好物を口にすれば、

「ゆう、すき」

天禄はニコッと子供らしく笑って、チュッと唇《くちびる》に唇を押し当てた。

「え!?」

驚いて、抱いていた天禄を落としそうになる。落としても問題はなかったはずだが、反射的に慌てて支えた。子供にキスされたくらいで驚きすぎだろう。

でも本当にびっくりしてしまったのだ。たぶん顔も真っ赤になっている。

「あ、えっと……へへ」

締まらない笑いでごまかした。赤いのは夕焼けでごまかされていると思いたい。

その夜だった。

「天禄、おまえ今夜から屋敷で寝《ね》ろ。部屋をくれてやる」

唐突《とうとつ》に、天雫が天禄に告げた。

「やー」

天禄は優眞の肩にしっかりしがみついて拒否《きょひ》する。

「ベタベタくっついてんじゃねえ」

「うっさい。おまえが出てけ」

天禄は時々、特に暴言を吐《は》く時は妙にちゃんとした言葉を喋る。ちょっと将来が心配だ。

「あー？　ひねるぞ、てめえ」

天雫が脅《おど》すと天禄は優眞にさらにしがみついた。優眞にはその表情は見えない。

「天雫さん、ちょっと大人げないよ。どうしたの？」

「子供扱《あつか》いしてるとどんどんつけ上がるぞ、それは。天狗の成長は人間の尺では計れない」

「でも、まだ子供なんでしょ？」

「子供だから大目に見てたが、調子に乗りすぎだ」

天雫は優眞から天禄を引き剝《は》がそうとするが、天禄は優眞の襟《えり》をギュッと摑んで離れまいとする。

「て、天雫さん、ちょっと待って」

「おまえ……その鎖骨《さこつ》んとこ、赤くなってるの、どうした？」

天禄が襟を引っ張ったために大きく開いた胸元《むなもと》、鎖骨の上に赤い痣《あざ》があった。

「え、これは禄ちゃんが寝ぼけて……」

吸い上げられたのだ。チュッと。

天禄は明らかに、まずい、という顔をして、襟を摑んでいた手を離した。天雫はその首根っこを猫《ねこ》の子のように摑んで、木戸を開けると、森に向かって思い切りよく放《ほう》り投げた。天禄は球のように飛んでいく。

そういう扱いを受けても大丈夫だということは知っているが、幼子が放り投げられる光景には慣れない。

「ろ、禄ちゃん……」

「戻《もど》ってきても入れるなよ」

「え、でも……」

「油断してるとあいつ、おまえより先に大人になるぞ」

「ええ!?　そんなに成長早いの？」

「早い。特にそっち方面は」

「そっちって？」

「とにかく。あいつがいいならあいつを入れてやれ。俺は出ていく」

二者択一《にしゃたくいつ》に迷ったのは一瞬。

「……ご、ごめんね、禄ちゃん……」

たとえ天禄に恨《うら》まれても、天雫にそばにいてほしい。

「あいつは森の木の上でも眠《ねむ》れる。なにも心配することはない」

「すごいね……。独りじゃ眠れないなんて、僕は駄目《だめ》だな」

その強さを見習いたい気持ちはあるが、独りで平気だとは言いたくなかった。たぶんもう独りでも眠れるけど、なんとしてでも天雫と一緒にいられるこの空間を手放したくないのだ。

情けない奴《やつ》だと思われてもいい。その時が来るまでは天雫の甘さにしがみつく。

「まだガキなんだろ？　しょうがない」

「うん、しょうがない……」

尻馬《しりうま》に乗って笑ってみせれば、額を小突《こづ》かれた。そのまま後ろに倒《たお》れて布団《ふとん》の上に横になる。

「さっさと寝ろ」

天雫は溜息《ためいき》交じりに言って、それでも隣《となり》の布団で寝てくれる。

「おやすみなさい」

こんなのは子供が添《そ》い寝してもらっているだけだ。

でももう優員もそれなりの年頃《としごろ》で、見た目はどうでも、心も身体《からだ》もそれなりに育って、あらぬ妄想《もうそう》をしてしまったりもする。そのたびに申し訳ない気分になるのだけど。

大人部分は巧妙《こうみょう》に隠《かく》し、無邪気《むじゃき》な子供みたいな顔をして目を閉じた。

自分がどんどん薄汚《うすぎたな》くなって、天雫に首根っこを摑《つか》まれ、森の彼方《かなた》に放り投げられる夢を見た。


記憶《きおく》対策として秘密ノートを付けることにした。早い話が日記だ。でもたぶん、というか絶対、没収《ぼっしゅう》されるだろう。記憶を消して記録を持ち帰らせるなんて、そんな間抜《まぬ》けなことを許すわけがない。

だからこれは、記憶を強化するためのもの。消されてもなにか断片《だんぺん》が残るように。書いた方が覚えられると昔教師が言っていたから。

ただ人が受験対策に考えついた程度の小技《こわざ》が、天狗《てんぐ》の神通力に対抗《たいこう》できるとは思えないが、藁《わら》にも縋《すが》る気持ちなのだ。

並行《へいこう》して野菜の成長記録も付ける。

天狗の里は地熱が高いせいか、山の上にあるわりには暖かい。それはつまり、冬野菜には向かない土地だということ。大根の生育は三年目もいまいちだ。

優眞は十七歳になった。人間界にいたなら高校二年生。学校帰りにファストフードを食べたりしていたかもしれない。いや、やっぱり独りだっただろうか。

現実には大根作りに精を出しているわけだが、大根の太さにはそこそこ満足しつつ、甘みがないことに不満を持っている。ただ表情は生き生きしていたし、一応友達もいる。

身長が急に五センチくらい伸《の》びて、それがちょっと怖《こわ》かった。心が大人になると身体もそれに従うのか。だから天雫のことはなるべく意識しないようにしていた。

「辛《から》み大根みたいなの作ったらいいのかなあ。でも、煮物《にもの》には向かないよね……」

大根の煮物は天禄の好物だ。

追い出してしまった罪悪感から、どうも甘やかして好きなものを作ってしまう傾向《けいこう》にある。

天禄は投げられてから家の中には入ってこなくなった。しかし、優眞に絡《から》みつくのはやめなかった。それがなくなると優眞としても少し寂《さび》しい。

「ユウ、土掘《ほ》るのこれくらいでいーい？」

「うん、ありがとう、迅くん」

天狗はあっという間に成人し、緩《ゆる》やかに老化していく。天禄は伸び盛り、迅来がその境目くらいなのだろう。

　三年ほど前に初めて学問所で会った時、迅来は自分と同じくらいの歳《とし》に見えた。しかし今はかなり追い越《こ》されている。見た目はもう二十歳《はたち》くらい。体格は優眞より二回りほども大きいが、まだ八年しか生きていないのだ。年齢《ねんれい》は優眞の半分。

「次は？　力仕事ならなんでも言ってくれよ。体力有り余ってるから」

　迅来は気のいい男だ。優眞を女だと思って優しくしてくれる。それが申し訳ない。

「じゃあその肥料を撒《ま》くから手伝って」

「はいはーい。すごいよな、糞尿《ふんにょう》で野菜が美味《おい》しくなるなんてさ。そういうこと勉強して美味しくしちゃうユウもすげえ」

「すごくないよ。こういうのは昔の人がいっぱい試《ため》して、本とかに残してくれて、天雫さんも土を調べてくれたり、種買ってきてくれたりしたし……」

「天雫様のことはいいよ。天狗ってさ、力は磨《みが》くけど、勉強はあんまりしないんだよね。勉強が好きなのって、昂夜さんくらいかな。それもなんか小難しいやつばっかりで、野菜が美味しくなるとかわかりやすい勉強じゃないんだよなあ。俺、ユウと野菜を美味しくするのは楽しい。勉強もちょっとは楽しい」

「うん。ずっと友達がいなかったから、迅くんと勉強するのはすごく楽しいよ」

「人間って変だよな。ユウと仲よくしないなんてさ。俺なんて女に興味ないのに、ユウにはふらふらって行きそうになるのにな。あ、大丈夫《だいじょうぶ》。天雫様の嫁《よめ》に手は出さないよ」

「あ、うん」

曖昧《あいまい》に笑う。天雫の嫁じゃないとわかったらどうなるのだろう。嫌《きら》われてしまうのだろうか。

初めての友達なのに。

嘘《うそ》をついているのはこちらなのでそれは自業自得《じごうじとく》だ。

「ユウは可愛《かわい》いし、頑張《がんば》り屋だし、ご飯美味しいし、大好きだ」

迅来は開けっぴろげで裏表がない。だからこそ心苦しい。

「やっぱご飯なのか……。よし、じゃあ今日も美味しいご飯を作って餌付《えづ》けしちゃうぞ！」

自分にできるのはそれくらいのことだ。

「よーし、餌付けされちゃうぞ！」

肥料を撒いてから、今晩の食材を収穫《しゅうかく》した。優眞は白菜を一玉持って、他《ほか》は全部迅来に持ってもらい屋敷《やしき》の台所へと向かう。

その途中《とちゅう》で、ゴソゴソと音がした。動物か、それとも天禄かとあまり気にしなかったのだが、

「あ、あぁ……んっ、んっ……いい、いいよ……」

吐息《といき》混じりの甘い声が聞こえてきて、ビクッと足を止めた。それがなんの声なのか、わからないほど子供ではない。

しかしここは屋外だ。まだ日も高い。

「どうした？」

耳のいい天狗に聞こえないはずがないのに、足を止めた優眞を迅来は不思議そうに見る。

「え、いや……あの、声が……聞こえない？」

「声？　ああ、あの声か。それがどうした？」

「どうしたって……。いや、え？　ま、まあいいや、行こう」

聞き耳を立てるなんて悪趣味《あくしゅみ》だ。

「え、もしかして、ここに来て一度も見たことないの？　やってるとこ」

「や、やってるとこって……あるわけないよ！」

「へえ。けっこうところ構わずやってるのにな。天狗同士は。ユウに気ぃ遣《つか》ってたのかな？　ちょっと来いよ」

「え？　え？　迅くん……え？」

腕《うで》を引かれて声がした方へ。森の中、大きな木の下で翼《つばさ》をバサバサさせている。天狗が普段《ふだん》は見せない肌《はだ》の色が見えた。腰《こし》から太もものラインは人間と変わらない。

大きな木に手を突《つ》いて、後ろに突き出した腰を、後ろの天狗が支え……。

「バックか。俺もするならそっちが好きかな。されるなら……ん？　ユウ？　どうした？」

優眞は爆発《ばくはつ》しそうなほど真っ赤になって、うつむいて、それから一目散に逃《に》げ出した。

「おい、ユウ!?」

初めて見たのだ。知識はあったし、断片的に写真で見たこともあった。もちろん人間界でのことだ。クラスメイトにからかい半分に見せられたり、インターネットで目に入ったり、でも動いているのは見たことがなかった。それも生でなんて。

喘《あえ》ぎ声は上ずって辛そうなのに、ちょっと……気持ちよさそうで。思い出したらまたカーッと赤くなる。

優眞は逃げるように屋敷のところまで全力で走ってしゃがみ込んだ。

「どうしたんだよ、ユウ」

迅来はふわふわと飛びながら、暢気《のんき》に追いかけてきた。不思議そうな顔をして。

「ど、どうしたって……だって、あんなこと、あんなとこで……あんな……」

なぜ説明しなくてはならないのかわからない。あんなのを見たら動揺《どうよう》するのは当たり前だと思う。

「ユウおまえ、真っ赤だぞ。完熟トマトみたい。涙目《なみだめ》になっちゃって。なに？　あれが恥《は》ずかしいの？　あんなの別に挨拶《あいさつ》みたいなもんだろ」

「は？　はああ!?　あい、挨拶!?」

腕の中の白菜を抱《だ》きしめて、そんなわけないだろうと目で訴《うった》える。挨拶なわけがない。そんな挨拶は見たことがない。

「まあ、ちょっと親しい者の挨拶、くらいかな」

だ。


「全然わかんないよ！」

天狗の習慣は人間には理解しがたいこともあったけど、ここまで理解できないことは初めてだ。

「み、見られても平気なの？　誰《だれ》とでもするの？」

そういえば前に天狗は節操がないと聞いた気がする。

「まあ……一応物陰《ものかげ》みたいなところではするけど、見られたからってどうってことも……。見たいなら見せてやるぞ？」

「い、いらないよ！　見たくないよ！　そんなの……そんなの……」

白菜に顔を埋《うず》める。冷たいけど頬《ほお》は冷めない。

「ユウ、おまえ……可愛いな」

「はあ？」

「あれくらいでそんなに真っ赤になっちゃうなんて。首まで真っ赤で、すっごく美味しそう」

迅来が目を細めて、舌なめずりするような悪い顔をした。

「は？」

「冗談《じょうだん》だよ。そっか……そういえば子供でここに来た女ってユウが初めてだ。へえ、そんなに恥ずかしいんだ？」

感心したように言われて、でも顔は楽しそうに笑っていて、優眞は気分を害す。

「ぼ……私がおかしいんじゃないから！　人間ではこういう反応が普通《ふつう》だから！」

「でも、利美さんなら平然と、腰使いがいまいちだ、とか言うぞ？」

「嘘……でも言いそう」

「なあユウ。おまえさあ……本当に天雫様の嫁なの？　おまえから匂《にお》いがしたことないんだけど」

「匂い？　匂いってなんの？」

「俺たち鼻がいいから、移り香《が》とかすぐわかるわけ。こいつ、あいつとやったな、とか。まあ、ユウが子供だから手を出してないのかもだけど、滅多《めった》に触《さわ》ってもないだろ？」

「それは……」

「天狗《てんぐ》とはやってるみたいなのになあ」

「え？　そ、そうなの？」

　自分が嫁じゃないことは自分が一番よく知っているし、天雫がモテることも知っている。誰としようと文句を言う筋合いではないし、ショックを受けるのもおかしい。でもショックだった。なにがどうとはわからず、ただとてもショックだった。

「やべ。今のは聞かなかったことにして」

「うん……。なんか料理作る気分じゃなくなっちゃった。ごめん、これ台所に持っていって、利美さんになにか作ってもらって」

「え!? マジかよー、ユウー」

白菜を迅来に渡《わた》して自分の家に戻《もど》った。誰もいない小さな部屋。天雫はただの同居人。恋人《こいびと》がいるなんて気づかなかった。

自分が庇護《ひご》されているだけの子供だということはわかっていたのに。

夜になると天雫が戻ってきた。昼間なにをしているのかはよく知らない。天雫に訊《き》いてもふらふらしてるだけだと言う。恋人と会っているのかもしれない。

「優眞、気分でも悪いのか？ 優眞が飯を作ってくれなかったって、みんな嘆《なげ》いてたぞ」

「うん、ごめん。ちょっとボーッとしてた」

「熱でもあるか？」

天雫の手が額に当てられてビクッとする。目線を上げれば目が合って、なんだか胸が痛くなった。

「熱はないよ、大丈夫。でももう寝《ね》るね」

里にはこれといって娯楽《ごらく》がない。いつもは本を読んだり勉強したりしている。たまに女子会に招かれることもあるが、居心地《いごこち》が悪いのであまり行かない。天雫に囲われてるのが羨《うらや》ましいと、あからさまに揶揄《やゆ》されるのだ。陰湿《いんしつ》にいじめられるよりはマシだが、うまく切り返して場を盛り上げるようなスキルは優眞にはなかった。

娯楽がないから手っ取り早く房事《ぼうじ》に励《はげ》むということなのだろう。昔の日本と同じだ。だから昔は子だくさんだったという話。

　天狗同士でしても子供はできない。ただ気持ちいいだけ、だと前に迅来が言っていた。女とするのは義務、天狗とするのは快楽。それは女を好きじゃない迅来の言い分だが、大方そういうことなのだろう。

　そりゃ天雫だって気持ちいいことはするだろう。大人なのだから。

「優眞、なにかあったのか？」

　天雫が心配そうな顔をしていて、勝手に嫉妬《しっと》して落ち込んでいるのが申し訳なくなる。天雫に罪はない。天狗の恋人がいたって、偽《いつわ》りの嫁《よめ》である自分に責める権利などない。逆にその恋人に、もういい加減消えろと言われてもしょうがない立場だ。

「匂いがしないんだって」

　とりあえず言ってみたが、だからどうしてほしいという願望はない。

「匂い？　なんの？」

「僕から天雫さんの匂いがしないって。本当に嫁なのかって言われちゃった」

「そんなの、おまえがまだガキだからって言ってるのにな……。匂いってことは、それを言ったのは女じゃなく、天狗だな」

「あ、うん。ちゃんと言い訳しておいたから、たぶん大丈夫《だいじょうぶ》。おやすみなさい」

　天雫に背を向けて横になった。

いつもは天雫の方を向いて寝るのだが、今日はなんとなく見たくなかった。

天狗同士のショッキングなシーンを見てしまって、匂いがしないって言われて、天雫は誰かとやっていると聞いて、なのに自分はてんで子供扱《あつか》いで触ってもらえない。

いろんなことが胸の中にわだかまったまま、消化できなくてモヤモヤしていた。天雫の顔を見たら余計にモヤモヤしそうで、自分の中に籠《こ》もるように丸くなる。

その頭を後ろから鷲掴《わしづか》みにされた。

「え？」

驚《おどろ》いて振り返れば、そのまま引き寄せられて、天雫の腕の中。額が胸に付いて、頭を抱《だ》き込まれる。

「な、な、なに？」

不意打ちのやや強引《ごういん》な抱擁《ほうよう》に、心臓が一気に走り出す。

「こうしていれば匂いが移るだろう」

「え？　あ、ああ……うん、うん……」

「匂いがしないって言ったのは誰だ？」

「それは……」

聞かなかったことにしろと言われたのは、天雫が他《ほか》の天狗とやっているということだけだったはず。

「迅来か」

「え⁉　なんでわかったの」

言う前に言われて、顔を上げれば、目の前に天雫の顎《あご》のラインがあった。

「おまえにそんなことを言うのはあいつくらいだろう」

声が近い。喉仏《のどぼとけ》が動くのは人間と同じだ。このくらい近ければ、優眞にも天雫の匂いがわかる。男くさい、でもすごく安心できる匂いだ。

「ああそっか……そうだよね」

「たっぷり移り香を嗅《か》がせてやれ」

天雫の腕《うで》にさらに引き寄せられ、内心悲鳴を上げそうになった。

頭は天雫の腕の中。優眞は自分の腕で自分の身体《からだ》を抱いて、腰《こし》が引けた体勢のまま動けない。

ガチガチだ。こんなんじゃ全然眠《ねむ》れない。

「そんなに硬《かた》くなるな。これ以上はなにもしない」

「しないんだ……」

「は？」

「いや、なんでもないよ。おやすみなさいっ」

ギュッと目を瞑《つぶ》る。すると天雫の指が髪《かみ》の間をすり抜《ぬ》けていった。ヒィッと声を上げそうになって、すんでのところで呑《の》み込む。

「おまえの髪は、さらさらだな」

そんなことを言われたら、赤くならずにはいられない。

髪はここに来た時からずっと、おかっぱの肩《かた》くらいまでの長さ。伸《の》びると自分で切っているため、ややガタガタだ。本当はもっと短く切って男らしいショートにしたいけど、女らしく見せなくてはならない。ここが妥協点《だきょうてん》。渋々《しぶしぶ》なのだが、天雫に髪を褒《ほ》められると、もっと伸ばそうかな、なんて思ってしまう。

髪をさらさらと弄《もてあそ》ばれ、頬《ほお》の火照《ほて》りが収まらない。なおさらギュウッと目を瞑った。

できれば動かないでほしい。

こんな状態で眠れるもんか、と思ったのだけど、いつの間にかその腕に身を委《ゆだ》ね、優《やさ》しい眠りに引き込まれていた。

翌日、迅来は優眞を見て眉《まゆ》を顰《ひそ》めた。クンクンと匂いを嗅ぎ、「ふーん」と言って、それっきり。たぶん匂いはしたのだろう。でも納得《なっとく》はしていない顔だった。

それから毎日、天雫は布団《ふとん》に入ると、ほら、と両手を広げるようになった。おずおずと近づけば、抱きしめられ、その胸に頭をつける。これでしっかりと匂《にお》い付け。それ以上のことはなにもない。

なにもないけど、その腕の中は幸せだった。ずっと続けばいいと願わずにいられなかった。

でも、朝起きると天雫はいなくなっている。いついなくなっているのか、なぜかまったく気づかない。そんなに眠りが深い方ではなかったはずなのだが。

誰《だれ》かと逢《あ》い引きなのか。天狗《てんぐ》はあまり寝なくてもいいとも前に言っていた。

それから半年ほど。のんびりと平穏《へいおん》な、退屈《たいくつ》ともいえる日々が続いた。刺激《しげき》を求める気持ちも少しわかる。不思議なもので、一度見ると立て続けに天狗同士のそういう場面に遭遇《そうぐう》するようになり、段々と慣れて、ちらりと観察してみたりもするのだ、最近は。

気持ちよさそうというか、楽しそうというか……。思い出せば頬が熱くなる。

真っ昼間の畑で自分はなにを考えているのか。

いやしかし、天狗というのは昼でも屋外でもわりと関係ないらしい。本当に節操がない。

そのうちもしかしたら天雫のそういう場面に出くわしてしまうかもしれない。覚悟《かくご》しても動揺《どうよう》せずにいられる自信はなかった。

一気に気分が落ち込む。八つ当たりのように雑草をブチブチとむしって放《ほう》り投げた。

「おい、そこの人間」

頭上から声がして、空を見上げる。天狗の里に来て三年も経《た》てば、今さら翼《つばさ》を広げて滑空《かっくう》してくる者を見ても驚かない。

しかし、驚いた。その翼が真っ白だったから。身につけている装束《しょうぞく》も白。全身白。

「天使？」

優眞は思わず呟《つぶや》いた。

「ほお、おまえは見る目がある。確かに私は気高く美しい。天使のようなものだ」

胸を張って鼻を高くして言う。鼻高々な様子は天狗っぽい。片手に葉団扇《はうちわ》も持っている。しかし優雅《ゆうが》にそれで自分を扇《あお》ぐ姿は、扇子《せんす》を持った貴婦人という雰囲気《ふんいき》。

確かに見た目は美しかった。艶々《つやつや》の薄茶色《うすちゃいろ》の髪、白磁のような肌《はだ》、長いまつげ。パーツは女っぽいのに、全体として見ると男らしい。なんだかずるい。

「白い天狗……初めて見た」

「そうだろう。貴重だからな。黒い下賤《げせん》の鴉《からす》どもはどこにいる？　天雫か、昂夜か」

「お友達ですか？」

「お友達ではない。私と奴《やつ》らでは品格が違《ちが》う」

「そうですか」

友達ではないと言われては、居場所を教えてやる必要もない。優眞は草むしりを再開する。

「おい、人間。質問に答えよ」

「どういったご関係ですか？」

「人間などに教える必要もあるまい。輝甚坊《きじんぼう》が来たと言えばいい」

その態度はかなり気に入らないが、勝手に捜《さが》せと言って歩き回られるのも嫌《いや》だった。天雫がどこにいるかはわからないが、昂夜は学問所にいるかもしれない。

「人間、おまえ天雫の匂いがするな。まさか……おまえが奴の嫁《よめ》か？」

匂いがすると言われて嬉《うれ》しくなった。しかし品定めをする目が、明らかに不釣《ふつ》り合いだと言っている。

「答える義務はないと思います」

「無礼だな。この里の者は人間ごときをちやほやしすぎる。だから調子に乗るのだ。子を産む道具に過ぎぬものを……」

そう言って輝甚は、一瞬《いっしゅん》で優眞をその腕の中に抱き込んだ。

「な、なに⁉」

「そうだな。天雫の嫁に私の子を産ませるというのも面白《おもしろ》いかもしれん。ふふ、悪くない」

ありえない言葉に驚き、遅《おく》れて逃《に》げ出そうとしたが、ふわっと足が浮《う》いた。地に足が着かないとなにもできない。五メートルほども浮けば怖《こわ》くてしがみついてしまう。

「軟弱《なんじゃく》、脆弱《ぜいじゃく》、しかし神に愛され、試《ため》される存在。人間など取るに足らぬが、おまえはほんの少し可愛《かわい》いな。うちの里に来るか？」

「行きません」

「うちはオール電化だぞ」

「え⁉　いやいや、行きませんよ。降ろしてください」

オール電化という言葉に驚《おどろ》き、ほんの少し心惹《こころひ》かれてしまった。しかしそれ以上にこの天狗の態度は気に入らない。機嫌《きげん》を損《そこ》ねて手を離《はな》されてしまえば、怪我《けが》では済まない高さだが、嫌《きら》いな奴の言いなりになるのは嫌なのだ。

「ゆう！」

そこに飛んできたのは天禄だった。

「禄ちゃん」

見た目はすでに小学校の低学年くらいになっている。しかし年齢《ねんれい》はまだ三歳くらい。

「ほお、子供か。ちょっとムカつく面差《おもざ》しだな……あれの子か？」

片手に優眞を抱《だ》いたまま、ブン、と葉団扇を扇ぎ、天禄を吹《ふ》き飛ばした。

「ろ、禄ちゃん!?」

飛ばされるのには慣れている天禄だが、ものすごい勢いで飛んでいった。心配だが優眞にはなにもできない。

「なにをするんですかっ！　もう放してください！」

「落ちたら死ぬかもしれないぞ？」

「死にません」

そんな保証はどこにもない。耕したばかりの畑の土が軟《やわ》らかいだろうことだけが希望だ。

「生意気な。こんな貧弱な身体《からだ》は落ちれば潰《つぶ》れる。まだ子も産めぬのではないか？」

「産めたってあんたの子なんて産まないしっ」

「ほお、面白い。反抗的《はんこうてき》なのは嫌いじゃないぞ？　従わせた時の喜びが大きいからな。ひとまず空中で子作りでもしてみるか」

「は？　ば、馬鹿《ばか》だろ⁉」

「聞き捨てならぬ暴言だな」

その手が股間《こかん》に伸びてきて、慌《あわ》てて逃げる。といっても腰《こし》を引くくらいのことしかできない。

触《さわ》られたら一発でバレてしまう。子なんて産めるはずのないことが。

その時、ピカッと光って目の前が真っ白になった。強い圧力が白天狗を吹き飛ばし、解放された優眞は真っ逆さまに落ちる。この感覚は久しぶりだ。

怖い、とはやっぱり思わなかった。信じているから。

それでも、黒い疾風《しっぷう》に攫《さら》われたのは地に着く寸前。腕《うで》の中でホッと安堵《あんど》する。

天雫は片手で優眞を抱き、宙に浮いたまま白天狗が吹き飛んでいった方を睨《にら》んでいる。

「いきなり全開とは。いつも力を出し惜《お》しみするおまえには珍《めずら》しいことだな。嫁に手を出されるとそのように怒《おこ》るものか。面白い」

「おまえ相手に全力なんて出すか。もったいない。しかし、これ以上こいつになにかするなら、おまえを粉砕《ふんさい》する」

天雫が言った途端《とたん》、白い光が放たれた。それを天雫は片手で受け止めたが、弾《はじ》かれた光の一筋が地上に落ちて、山の木が数本吹き飛んだ。

「ちっ」

それを見て天雫が悔《くや》しそうに舌打ちする。

「フッ……取りこぼすとは色ボケか？　今のは私だって全力ではなかったぞ？」

「うるせえ。俺に遊んでほしいなら場所を選べ。ここには二度と現れるな」

「ほおほお。そのように大事か。まあ今日は通りかかっただけだ。またゆっくりじっくり手合わせ願うとしよう」

輝甚は最後まで偉《えら》そうに言って去っていった。

それを追って飛んでいく、黒い小さめの翼。

「禄ちゃん……？」

飛ばされて心配したのだが、なぜか白い天狗を追っていく。

「ゆう、ちょっと行ってくるな」

天禄はそう言うと、バイバイと手を振《ふ》って行ってしまった。

「え？　え？」

困惑《こんわく》して背後の天雫を見上げれば、

「放っておけ」

と言われた。

「放ってって……、え？　禄ちゃん、どこ行っちゃったの？」

「天狗《てんぐ》ってのはふらっといなくなるものだ。帰ってくる奴もいれば、帰ってこない奴もいる。

あいつは自立心が強いし、負けず嫌いだから……強くなって帰ってくる、かもな」

帰ってこないかもしれない。そう聞いて胸が痛んだ。こんなにあっさりと、いなくなってしまうものなのか。

「泣くなよ」

「泣いてない」

そう言いながら鼻をすする。寂《さび》しい。ものすごく寂しい。

「やっぱ天禄はおまえと似てるな。おまえもガキの頃《ころ》からよく、ふらっといなくなって、そのたびに強くなって帰ってきた」

いつの間にか昂夜が隣《となり》に浮いていた。

「俺とあいつを一緒《いっしょ》にするな」

「違うところは、おまえは里のためだったけど、あいつはおまえを打ち負かすためだってとこか」

「俺は里のためなんて考えてない。おまえらなんか見捨てて、またふらっといなくなる」

「ユウがいる限り、それはないと踏《ふ》んでるけど？」

昂夜は天雫の腕の中の優眞を見てそう言った。

「こいつがここに慣れるまではと思ってたけど……。乗りたくなる風が吹いたら、またいなくなる」

優眞がここを出ていけば、天雫はまた身軽になる。ふらっといなくなることもできる。

「そう？　まあいいけど」

昂夜は訳知り顔でニヤニヤ笑い、天雫は機嫌の悪そうなしかめっ面《つら》をしている。この二人は一緒にいる時、いつもこんな感じだ。互《たが》いをわかり合っている感じがとても羨《うらや》ましい。

優眞にはずっとそういう友達がいなかった。気安く話しかけてくれる者さえいない毎日だった。学校は孤独《こどく》を感じる場所。誰《だれ》も自分のことなんて見もしなかった。互いをわかり合うなんて、夢のまた夢だ。

昂夜はそのまま飛んでいき、天雫も優眞を畑に降ろすと飛んでいってしまった。二人とも、さっき木が吹き飛んだ同じ方角へ。言葉にしなくてもわかり合っている。

「いいなあ……」

自分も一緒に飛びたい。

「連れてってやろうか？」

背後から声がして振り返れば、迅来が立っていた。

「そういうんじゃなくて、自分で飛びたいんだよ」

気ままに飛んで、ばったり会って、なにしてんだよ、とか言って。一緒に飛ぼうか……とか言って空中でキスとか……と妄想《もうそう》してハッと我に返る。

「できないことを言ってもしょうがない。種まきしよっかな」

「おう、手伝うぜ。糞尿《ふんにょう》もまくか？」

「糞尿とか言わない。肥料！」

「おんなじじゃねえか」

「気分の問題だよ」

なんでもない会話が楽しい。迅来は優眞にとって初めての友達だった。

「ユウはお上品だよなー。おまえみたいのを人間界では箱入《はこい》り娘《むすめ》っていうんだろ？」

「箱入り……じゃないよ、別に」

娘でもないし。牢獄《ろうごく》みたいなところには入っていたけど。

「だってすっごくウブいじゃん。やってるの見ただけで真っ赤になるし。さっきの白天狗には俺もムッとした。天雫様がぶちかまさなかったら、俺がやってたね」

「あの白い天狗のこと、迅くんは知ってるの？」

「んー、俺はあんまり知らない。でも、強いってことはわかったよ。たぶん、白水《しらうず》の里の天狗なんだろうけど。あそこにあんな強い天狗いたんだなあ……。それとも天雫様が弱くなった？」

「え？　あれで弱いの？」

「いや、強いんだけど……天雫様と互角《ごかく》に戦える人がいたなんて」

「それは片手だったからじゃない？」

「そうかな。そうかもね。でも、まったく敵《かな》わない相手じゃないのかもって、俺も希望みたいのがちょっと見えた気がする。まあ……いいや。さて、糞尿まこうか」

「肥料！」

「はいはい、肥料肥料」

宥《なだ》めるように頭を撫《な》でられてムッとする。

「歳下《としした》のくせに」

「はいはい、歳下歳下」

優眞が口をへの字に曲げれば、迅来は楽しげに笑った。


天禄がパタパタと飛んでいってしまってから一ヶ月。心配しているのは優眞だけだった。天狗にはよくあることだと言われても、心配だし、すごく寂しい。

「ま、あいつがいなくても里全体の力の維持《いじ》に大きな影響《えいきょう》はないからな」

学問所の横にある書物庫で読める本を物色するのは優眞の日課だ。迅来はただやってきて、無駄話《むだばなし》をする。なんでもない会話も優眞にとっては新しい知識になる。

「里全体の力？」

「天雫様みたいな大きい力を持った人がいなくなると、みんな不安になるけど、天禄はまだものの数にも入ってないし」

迅来にとっては本当にどうでもいいことのようだった。窓の桟《さん》に腰《こし》かけて優眞の顔をじっと見ている。

「なに？」

その視線を不審《ふしん》に思って問いかければ、迅来はふわりと優眞の前に降り立った。

「ユウはさ、したくならない？」

「なにを？」

「俺はユウとしたいんだ。天雫様に楯突《たてつ》こうって気があるわけじゃないんだけど……天狗ってとりあえず、あんまり我慢《がまん》ってしないんだよね」

「我慢？　なにを言ってるの？」

なんだか嫌《いや》な予感がして身構える。この先は促《うなが》さない方がいい気がする。

「女はないって思ってたんだけどなあ……。見たいんだよね、ユウのその時の顔」

「顔？」

迅来が近づいてきて、優眞は後ずさる。迅来は身長も優眞より大きいし、高下駄《たかげた》まで履《は》いているからかなり見下ろされる。

「なあ、ユウ。おまえ天雫様のものじゃないよな？」

「も、ものだよ。天雫さんの嫁《よめ》だよ」

「でも、抱《だ》かれてない」

「それは……ガキだから。でも、毎日一緒に寝《ね》てるし！」

「さっき言ったただろ、天狗はあんまり我慢をしないって。一緒に寝て抱かないってことは、ユウに魅力《みりょく》を感じてないってことだよ。ガキでも欲しかったら抱くよ」

そう言われたら、なにも言い返せない。魅力がないから抱かない。それはまったくその通りに違《ちが》いなかった。嫁なんてカモフラージュなのだし、人間の男なんて抱く理由もない。

別にそれでいいのだけど、なにか言い返したくて言葉を探す。でも見つからない。

「俺はユウが欲しい。抱きたい」

「……冗談《じょうだん》やめようよ」

「マジマジ、大マジ。女にも人間にも興味なかったのに、おまえは抱きたい」

抱きたい抱きたいと言われれば、反射的にドキドキするものの、嬉《うれ》しくはない。ものすごく困っている。貴重な友達なのだ。

「だ、駄目《だめ》だよ。絶対駄目だよ。天雫さん、たぶん怒《おこ》るよ」

「だろうな。抱かないくせに他《ほか》の奴《やつ》には触《さわ》らせない。手を出したら殺す、みたいなオーラ出してるし。まるで自分の所有物だ。でも、ユウがいいって言えば、止めないよ」

「いいなんて言わないから！」

「やったことないんだろ？　何事も経験だって」

「その経験はいらない。しない！　は、放してよ、迅くん！」

抱きしめられて竦《すく》み上がる。軽々と身体《からだ》を持ち上げられ、驚《おどろ》いて開いた唇《くちびる》に唇が触《ふ》れた。

「やっ、嫌！」

首を横に振《ふ》って、胸を強く押し戻《もど》す。

「どうしても嫌？」

問われて大きくうなずく。何度もうなずく。

「うーん。これでも俺、天雫様と昂夜さんの次くらいには力があるんだけど」

迅来は困った顔で首をひねり、そんなことを言った。

「ごめん、迅くん。力とかそういうのは関係ないんだ。抱かれるとか無理。きみのことは友達だとしか思えない」

はっきりと言い渡《わた》す。恐《おそ》れず自分の意見を言う。それができるようになったのは、この里に来てからだ。

みんなちゃんと話を聞いてくれたし、意思を尊重してくれた。それは女だと思っているからかもしれないけど。

「友達でいいよ？」

迅来はことなげに言った。

「に、人間は友達とはこういうことしないんだよ」

「うーん。ねえ、ユウって胸ないよね？」

腰を抱いたまま片手でペタペタと胸を触られ、優眞はカーッと真っ赤になった。ヤバい。

「は!?　そんなの……ないものはしょうがないじゃない、失礼だよ！」

怒ってごまかし、迅来の顔をバチバチと容赦《ようしゃ》なく叩《たた》いて、迅来が怯《ひる》んだ隙《すき》に逃《に》げ出した。

走って走って、自分の家に逃げ込む。

「どうした？」

いつもはいないくせに、こんな時ばかりちゃんと家にいるのだ。

「な、なんでもない、なんでもないよ！」

天雫がここにいることは想定していなかった。咄嗟《とっさ》に取り繕《つくろ》うこともできない。顔はたぶん真っ赤だ。

「なんでもないって感じじゃないな」

立ち上がって近づいてくる天雫を避《さ》けるように壁伝《かべづた》いに横に移動する。

「なにがあった？」

「だから、なにもないよ。あ、僕、水、畑に水やってくるね！」

身を翻《ひるがえ》して出ていこうとして腕《うで》を摑《つか》まれる。

「なにがあった？」

無表情に繰《く》り返されるのが怖《こわ》い。

高下駄を履いていない天雫の顔は、さっきの迅来と同じくらいの高さにある。同じような角度と距離《きょり》に、唇を奪《うば》われてしまったことを思い出した。

うつむいて唇を拭《ぬぐ》い、思い切って顔を上げる。

「天雫さん……」

「なんだ？」

「……キス、して」

「は？」

「キスして！」

逃げようとしていた優眞が急に迫《せま》ってきて、天雫は困惑《こんわく》して眉《まゆ》を寄せる。その唇に優眞は自分から唇を近づけていった。

半ばやけっぱち。しかし額に手を当てられて止められた。片手で、いともあっさりと。

「なにがあったかと訊《き》いているだろう」

「なんにもないよ。キス……しているのを見て、自分もしてみたくなっただけ。でも、天雫さんが嫌ならいいよ！」

迅来が嫌《きら》いなわけじゃない。でもキスは嫌だ。天雫以外の誰《だれ》でも嫌だ。

でも天雫はしたくないのだ。迅来の言うとおり、自分に魅力などまったく感じていない。うつむいてもう一度口を拭い、外に出ていこうとした。

「優眞っ」

怒ったような強い声にビクッとする。

腕を引き戻され、仰向《あおむ》いた顎《あご》を捕《と》らえられて、唇が重なった。

柔《やわ》らかな感触《かんしょく》にうっとりして、しかし一瞬《いっしゅん》離《はな》れた唇が襲《おそ》うように降ってくると怖くなった。髪《かみ》に天雫の指が絡《から》んで、唇を、口の中を濃厚《のうこう》に舐《な》め回されて、されるがまま。天雫の襟元《えりもと》を強く摑んで身体を震《ふる》わせるだけ。

「誰に、キスされた？」

耳元に囁《ささや》かれ、それが脳に到達《とうたつ》するのに少し時間がかかった。

「さ、されてない……こんなこと」

これがキスなら、こんなことはされてない。

「優眞」

「されてない」

迅来は友達だ。キスは嫌《いや》でも、それで嫌いにはなれない。寄せられる好意は貴重だ。それにもうあんな軽いキスは吹《ふ》っ飛んでしまった。

優眞が天雫の嫁だと知っていて手を出したのだから、バレればきっとなんらかのペナルティが科せられる。貞操《ていそう》観念は薄《うす》くても天雫は里の長《おさ》だ。女が許せば問題ないのだろうが、優眞が

それを許したら、天雫の面目《めんぼく》は丸潰《まるつぶ》れになる。

なにもなかったことにするのが一番いい。

「わかった」

天雫はまったく納得《なっとく》していない顔だったが、それ以上は追及《ついきゅう》してこなかった。背を向けて翼《つばさ》をバサバサさせながら出ていくのを見送り、天雫にまで嘘《うそ》をついてしまったことに罪悪感を覚えた。

些細《ささい》な嘘だ。迅来のためによかれと思ってついた嘘。でもこれで嘘をついていない人がいなくなってしまった。

もうここにいちゃいけないんじゃないか——そんな想《おも》いが込み上げてくる。

ずっとここにいたい。ここには自分の居場所がある。そう思っていたけれど、結局ここでも自分は異分子で、いれば余計な波風を立ててしまうだけ。

天狗《てんぐ》たちは明らかに人間と距離を置いて、なにかを隠《かく》している。唯一《ゆいいつ》、ここに骨を埋《うず》める覚《かく》悟《ご》を決めている利美だけが、受け入れられている感がある。

自分はまだ全然信じてもらえていないし、自分を偽《いつわ》っている身で信じてほしいなんて調子がよすぎる。本当は男だと打ち明けたら、もうなにを言っても信じてはもらえないだろう。

天雫は仲間に嘘をついてまで仮初《かりそ》めの居場所を提供してくれた。何度も、帰るか？　と訊いてきたのは、重荷だったからなのかもしれない。

どこにいても異端《いたん》で、半端者《はんぱもの》。自信を持って自分と言えるものがない。

迅来だって本当の自分は知らないし、そもそも抱《だ》きたいというのは信頼《しんらい》とは違《ちが》う。

帰るといっても、自分に帰る場所があるのかもわからなかった。

あれから三年と少し。父親はまだあのマンションにいるのだろうか。さっさと引き払《はら》って新しい生活を始めている可能性だってある。その辺りを天雫に確認《かくにん》してもらうことはしなかった。

知りたくなかったのだ。

死に逃げた十四歳の自分の選択《せんたく》が正しかったとは言えないが、間違《まちが》っていたとも思えない。

ここに来られたから。天雫に会えたから。

なにが間違っていて、なにが正しかったかは、後の自分が決めることなのだろう。自分以外の誰にも決められない。

あの選択が正しかったとするためにはまず生きること。

そして、天雫とずっと一緒《いっしょ》にいること。でも、今の自分は天雫のお荷物でしかない。

夜になっても天雫は帰ってこなかった。里に来て初めて独りで眠《ねむ》りについた。


ぼんやりと起きて、学問所にも畑にも行かずに家で本を読んでいた。迅来と顔を合わせづらかったのだ。

キスは天雫のキスに上書きされて吹き飛んでしまったが、された事実は消えない。一晩でもう冷めたと言うとも思えない。

でも、友達でいいと言うからには、本気で惚《ほ》れているというのとは違うのだろうから、断り続ければ収まりもつくだろう。

「ユウ……やっぱ俺、おまえのこと抱きたい。すっごく抱きたい」

招かれざる客は昼過ぎにやってきて、そんなことを言った。

「嫌だって言ってるだろ」

「無理強《むりじ》いしたら里から追放するって天雫様に言われた。だから諦《あきら》めようと思ったんだけど、駄目《だめ》なんだ。俺、ユウと番《つがい》になりたいみたいだ」

「なりたいみたいって言われても……。なんで天雫さんは迅くんだってわかったんだろ。やっぱ匂《にお》いなのかな」

「ユウが言ったんじゃないの？」

「言ってないよ」

「それって俺を庇《かば》ってくれた？」

嬉《うれ》しそうな顔をされても困る。本当に困る。

「そういうんじゃなくて……。お願いだから僕のことは諦めてください」

「僕？　ユウって、たまに僕って言うよね？　男なんでしょ？」

「え？　いや、えっと、僕って言う女の子もいるし。僕は、あの……男だったら、番になりたいとか言わない？」

「言う。俺はそもそも男が好きなんだって、知ってるだろ？　なんかすっきりした。やっぱ俺、男が好きなんだよ。で、ユウのことが好きなんだ」

開き直られてしまった。嘘を咎《とが》める様子はないが、ますます困ってしまう。

「僕は天雫さんが好きなんだ。ごめんなさい」

正座して頭を下げて諦めてもらおうと思った。諦めてくれるだろうと思った。

「天雫様は人間の男の嫁《よめ》なんてもらわないよ。ユウこそ諦めた方がいい」

「それは、そうなんだけど……」

「ユウは天雫様のことなにも知らないんだ。あの人の力は人間に仇《あだ》なすものだよ。天命っていうのは、そのほとんどが人間が天災と呼ぶようなもので、天狗の力はそれを遂行《すいこう》するためにある。巻き込まれて人が死ぬのはよくあることだ」

人間は自然の力を時々思い知らなくてはならない。そう言っていたのは天雫だった。

あの白い天狗を吹っ飛ばしたような力で、地を裂《さ》き、風を巻き起こし、天命を遂行する。結果的に人を殺《あや》めてしまうこともあるから、天狗たちは天命がどういうものか語ろうとしなかったのだろう。

心優《やさ》しい男はどんな気持ちでその力を使うのか。

「……それでも好きなんだ。嫁になんてなれなくていい、人間の敵でもいい、僕は天雫さんが好きなんだ！」

「天雫様は人間に感情移入はしない。女ならしょうがないから抱くけど、男じゃ……」

迅来が真面目《まじめ》な顔をして近づいてきて、優眞は怖《こわ》くなって逃《に》げようとした。正座を崩《くず》したところで上からのしかかられ、畳《たたみ》の上に倒《たお》れ込む。

見上げれば間近に迅来の顔。いつも軽く飄々《ひょうひょう》と笑っているその顔から笑《え》みが消えると、ものすごく本気っぽい。でも、受け入れることはできない。

「ごめん、無理だよ迅くん」

「抱かれてよ。俺はユウが男でも好きだよ。でも里のみんなは……怒《おこ》るかも」

その言葉に優眞は竦《すく》み上がる。終わりを宣告された気分だった。抱かれることを選んでも、抱かれないことを選んでも、もうここにはいられなくなる。

「ごめん、なさい……」

優眞は謝るより他《ほか》にしようがなかった。ただただ謝るだけ。

ごめんなさい、お父さんごめんなさいと、ベランダで泣いていた自分を思い出す。結局なにも進歩していなかったのか。

「大丈夫《だいじょうぶ》、秘密にしてあげる。俺もユウがいなくなるのは嫌だから」

そう言って迅来は、優眞の頬《ほお》に手を伸《の》ばした。触《さわ》られて、ビクッとする。これからどうなってしまうのだろう。迅来に抱かれて、また天雫に嘘をつくのか？　みんなにも嘘をついて、ここに居続けるのは正しいことなのか？

それが本当に自分のしたいことなのか……。

「迅くん……やめよう？　僕はみんなに本当のことを言うよ。謝るよ」

覚悟を決めた。もう逃げるのはやめにする。たとえここにいられなくなっても。

「そんなことしたら……」

天雫のそばにいられなくなっても。

「迅、俺は忠告したはずだが？」

低い声が割り込んできて、迅来はビクッと振《ふ》り返った。戸口のところにいつの間にか天雫が立っていた。腕《うで》組みをして、翼を大きく広げて。

飛ぶ時以外でこんなに大きく翼を広げているのを初めて見た。攻撃的《こうげきてき》に先が尖《とが》っている。

「て……んじゅ、さま……」

迅来の顔が一瞬《いっしゅん》で真っ青になった。

「これは、なんのつもりだ？」

天雫はあくまでも冷静に問う。それが余計に怖い。

「お、俺はユウと番になりたい」

迅来は声を絞《しぼ》り出して自己主張した。

「それをこいつが承諾《しょうだく》したのか？」

「してないけど……」

「迅、人間界に行くか？　おまえはまだ若いから、紫麓《しろく》の里辺りなら喜んで受け入れてくれるだろう。おまえの中の優眞の記憶《きおく》は消してやるから、新天地で心置きなく番を捜《さが》せ」

「そんな……」

「待って。もうしないよね、迅くん」

紫麓の里というのは、ここことは別の天狗《てんぐ》の里の名前。日本に五つほどあるうちのひとつ、だと習った。

優眞はなんとか取りなそうとしたが、迅来はムッと口をへの字に曲げて黙《だま》った。

「しない、とは言い切れないって顔だな。自分にも欲望《よくぼう》にも正直なのはおまえのいいところでもあるが、愚《おろ》かなところでもある。なんでも自分の思い通りになると思うな。なにより、脅《おど》して言うことを聞かせようとしたのは許しがたい」

天雫はいったいどこから聞いていたのか。優眞が同意したら見逃《みのが》すつもりだったのだろうか。

「そ、それは……悪かったと思う、けど……でも、天雫様だって嘘《うそ》をついたでしょ!?　女だなんて嘘をつかなくても、長《おさ》が置いてやれって言ったら誰《だれ》も逆らわなかった」

迅来はなんとか食い下がる。

「おまえのようなのがいるからに決まってる。天狗の性欲《せいよく》は基本的に女より男への方が強い。子を産んでくれる女は大事にされ、その意思は尊重されるが、男じゃ俺がいくら手出し無用と言ったところで、護《まも》りきれるかどうか。天狗の自制心なんてたかが知れてる」

「ユウを護るため？　なんだ、じゃあ最初から惚れてたんじゃん……」

「違《ちが》うぞクソガキ。こいつがまだガキだったから」

天雫はなぜか慌《あわ》てたように言い訳をする。

「俺はガキだからって天雫様に護られた覚えなんてないけど」

迅来はもう後がないと開き直ったのか。さっきの怯《おび》えが嘘のように食ってかかる。

「それは……こいつは人間で、弱ってたから」

「じゃあもういいじゃない。ユウはもうガキじゃないし、弱ってもいないよ」

そう迅来に言われて、天雫はひとつ大きく息を吐いた。

「……そうだな。もう人間界に戻《もど》ってもやっていけるかもな」

「え!?」

優眞と迅来の口から同時に驚《おどろ》きの声が零《こぼ》れる。

ここにも居場所はない、出ていくしかないと思っても、天雫の口からそれを言われると動揺《どうよう》する。やっぱり忘れてしまうのは嫌《いや》だ。怖い。

「僕、僕、ちゃんと自分でやってくから。男でしたってみんなに謝って、天雫さんにも迷惑《めいわく》かけないようにする。もう護らなくてもいいから。ここにいちゃ駄目《だめ》?」

「護らなくてもいいなんて、この状況《じょうきょう》でよくそんなことが言えるな」

天雫の冷たい視線に我に返れば、まだ迅来は優眞の上にいた。慌てて押しのける。

「俺が護らなければ、おまえは襲《おそ》われ放題、やられ放題だ」

「それでも僕は、ここにいたい」

必死でお願いしてみる。それが失言だと気づかなかった。

「それでも? こいつにも、他の奴《やつ》らにも自由にやらせて、それでもここにいるって?」

天雫の表情が今まで見たことないほど険しくなった。

「それは、あの、逃げるとか、お願いするとか、なんか、頑張《がんば》って……」

「おまえは本当に自分のことがわかってない。天狗ってのは退屈《たいくつ》してるんだ。毛色の違う餌《えさ》が投げ込まれたら興味津々《きょうみしんしん》で食いつく。それもおまえのような……。野放しにしたら、里の秩序《ちつじょ》が乱れる」

怒《いか》りの声に気圧《けお》され心が萎縮《いしゅく》する。天雫はなんとか落ち着いた声を出そうとしているようだが、言葉尻《ことばじり》はきつく、声は少し震《ふる》えていた。

迷惑になると言われてしまっては、それ以上のわがままは言えない。

「ごめん、なさい……」

思わず謝っていた。

「お、俺が護るよ」

横から迅来が口を挟《はさ》んだが、天雫の一睨《ひとにら》みで黙らされる。

「どうしても駄目？　どうしても……天雫さんのそばにいたら駄目？」

それでも食い下がったのは初めてだ。怒っている天雫は怖かったけど、どうしてもしょうがないと諦《あきら》めてしまうことができなかった。涙目《なみだめ》になりながら、鋭《するど》い瞳《ひとみ》をじっと見つめる。グレーの瞳はその虹彩《こうさい》がまるで炎《ほのお》のように揺《ゆ》らめいていた。

「無理だ。ここは人間のいるべき場所じゃない」

瞳が伏《ふ》せられて、絶望的な気分になる。完全に拒絶《きょぜつ》された。

「僕……なんで女に生まれなかったんだろ。男じゃダメなんだ。どこに行っても。……やっぱり、間違《まちが》ったんだ」

どこにも居場所はない。男では駄目で、女ではなくて、もちろん天狗でもない。なにより好きな人に拒絶されては、どこでどうやって生きていけばいいのか。

記憶を消してもらえばいいのか……。

「お、俺は、ユウが男でも好きだよ⁉」

迅来が精一杯《せいいっぱい》言ってくれた言葉に優眞は思わず微笑《ほほえ》む。

「ありがとう。すごく嬉《うれ》しいけど、でも、僕は……」

とうとう目から涙が零れ落ちた。スッと頬を伝って、後から後から止まらなくなった。

「あ、ごめ……」

天雫は泣かれるのが嫌《きら》いなのだ。困らせたいわけじゃない。もう一度抱《だ》きしめてほしいなんて思ったわけじゃない。

天雫と目が合うと、眉《まゆ》を顰《ひそ》められた。慌てて顔を伏せて涙を拭《ぬぐ》う。でも、止まらない。

「ああクソッ！ ……迅、おまえは外に出ろ」

天雫は頭を抱《かか》えて、迅来を蹴《け》り出した。

「え？」

「今回だけ大目に見てやる。さっさと行け」

迅来はなにか言い返そうとしたが、天雫の顔を見てなにも言わずに引き下がった。おとなしく出て行き、木戸を閉めた。

二人きりになって、天雫は優眞の前に座った。翼《つばさ》はもう畳《たた》まれている。

「優眞……おまえが俺を慕《した》うのは、俺に助けられたからだ。初めての頼《たよ》ってもいい大人だったから……刷り込みってやつだ」

大人が子供に言い聞かせるように言う。

「最初は確かにそうだったかもしれない。でも、僕はずっと天雫さんが好きだよ」

「そのずっとっていうのが刷り込みなんだろ。さっさと距離《きょり》を置くべきだったな……甘やかしすぎた」

後悔《こうかい》してる顔を見れば悲しくなった。唇《くちびる》を噛《か》みしめる。

「甘やかしてもらったって、わかってるよ。刷り込みと本当の好きの違いってなんなの？　僕に好かれるのは迷惑？　僕も迅くんにごめんって言ったから、言われたらちゃんと受け止めるよ？」

「迷惑……じゃないから困るんだろ。俺は独りがいいんだ。特別は作らない。特に、人間は……」

いつも自由でいたい、身軽でいたいと天雫が思っていることは優眞も知ってる。でも、長として重い使命を背負っていて、それを放《ほう》り投げることはしない。仕方なく……という顔をしながら、全部背負ってる。たぶん人への罪悪感も全部。

ぶっきらぼうな優《やさ》しさ。甘やかされて好意を期待してしまったのは確かだ。でも、ちゃんと言ってくれればちゃんと受け止める。

「特別じゃなくていいよ。僕は天雫さんのそばにいたいだけ」

「おまえは戻るべきだ。もう死しか選べなかった子供じゃない。人間界で、自分のいるべき場所でちゃんと生きろ」

「違う。そういうことじゃない。僕が訊《き》いてるのは、天雫さんの気持ちだよ。こうすべき、とかそういうことじゃなくて、邪魔《じゃま》なら邪魔だって……」

そこまで言って、抑《おさ》え込んでいた涙がまたぶわっと込み上げてきた。それ以上言えなくなる。

「泣くな」

やっぱり天雫は困った顔をする。

「ごめん……でも、止まらな……」

膝《ひざ》の上で拳《こぶし》を握《にぎ》って、歯を食いしばり、なんとか涙を止めようとする。

「おまえに泣かれると俺は……自分を抑え込めなくなる」

腕《うで》を引かれ、抱きしめられた。強く温かい腕の中、涙は一瞬《いっしゅん》で止まる。

「ああ、クソ……なんなんだ、なんで俺はおまえを放っておけないんだ……振《ふ》り回されて、らしくもない。俺は、人間には冷たいんだよ、ものすごく」

「そんなの、嘘だ」

冷たくしたいけどできない、たぶんそれが天雫だ。無理して冷たくして自己嫌悪《けんお》に陥《おちい》る。泣かれると放っておけないなんて、本当に甘い。

「嘘じゃねえよ。おまえだけ、調子が狂《くる》うんだ。本当……このままじゃヤバい」

「ヤバい？」

涙でベタベタに濡《ぬ》れた目で見上げて問いかける。

「だからその目で見んな」

「ご、ごめん」

うつむくとまた涙が込み上げる。

「あぁ……クソ、もう駄目だ」

小さく吐《は》き捨てるような声を耳にした時、頬《ほお》に手を当てられ、仰向《あおむ》かされた。唇が降ってくる。柔《やわ》らかく激しく貪《むさぼ》られ、唇が離《はな》れてもポカンと見上げる。

「辛《つら》いなら、全部忘れさせてやろうか？」

「え？　……ぜん、ぶ？」

「そうだ、ガキの頃《ころ》から全部。忘れてやり直すか？」

「な、んで、そんなひどいこと言うの……？」

「ひどい？」

「ひどいよ。忘れたくないよ。全部……全部」

「そうか」

腕の中でうつむいて、天雫の身体《からだ》にそろそろと腕を回せば、羽が温かく優しく手の甲《こう》を撫《な》でた。

また甘やかされている。ひどいことを言うのに優しくて、キスなんかするから調子に乗りたくなる。

「お願いがあります」

「なんだ？」

「僕を抱いてください」

言った瞬間《しゅんかん》に、天雫の眉間《みけん》の皺《しわ》が深くなった。

「一度だけでいいから……僕のことを特別に好きじゃなくてもいいから。抱けるなら、お願いします」

自分の望みを口にできるようになったのは、天雫が甘やかしてくれたから。自分に自信はまだ持てないけど、なんで自分は男なんだろうと思っているけど、もう自分を消してしまおうとは思わない。

「手を出さずに帰そうと思っていたのに……」

「手を出して」

困った顔の天雫を見上げ、懇願《こんがん》する。

しばし優眞を見つめていた天雫は、眉を寄せ、溜息《ためいき》をついた。優眞の頬に手を当てる。

「抱いたら、もう大人ってことで……いいんだな？」

声変わりをするまでという約束は、大人になるまでということ。声変わりは、正直したのかしていないのかよくわからない。明確に変わる時期がなかったから、まだしていないことにしていた。でもたぶん、子供の頃に比べれば低くなっている。

いいよ、と口に出しては言えなくて、優眞はただうなずいた。

畳んでいた布団《ふとん》をするりと伸《の》ばし、その上に正座する。

優眞は今日も女物の着物を着用している。着物といっても、柄物《がらもの》の小袖《こそで》に扱《しご》き帯の前結び。着やすさ脱《ぬ》ぎやすさでは浴衣《ゆかた》とあまり変わらない。

「脱ぐ？」

立って近づいてきた天雫を見上げて、優眞はそう問いかけた。

いつか見た天狗《てんぐ》同士の性交が頭をよぎったのだ。人間なら脱ぐところだが、天狗は着たまますするのかもしれない。

「脱がしてほしいのか？」

天雫はクスッと笑った。最初にここに来た時も、風呂場《ふろば》で同じことを言われた。だいぶニュアンスは違《ちが》うが。

「……天狗は服を着たままやるんじゃないの？」

「どういう知識だそれは」

「え、うーん……」

言い淀《よど》んだのは口にするのがちょっと恥《は》ずかしかったからだ。

「まさか誰《だれ》かと着衣でやりましたってことじゃないだろうな？」

「え？　ええ!?　ないない、ないよ、僕は」

天雫の怖《こわ》い顔が目の前に来て、ちょっと引きながら答える。

「僕は。なるほど、誰かがやってるのを見たのか。一応外ですんなって言ってたんだが、無理だよな……。外でやる時は人間だっていちいち脱がないだろう?」

「知らない」

からかうような問いかけは、優眞が知っているわけがないと思っているからだろう。その通りの答えを返すのはちょっと悔《くや》しかったけど、知らないものは知らない。

天雫がフッと笑って、それから顔が近づいてきた。

唇は柔らかい。抱《だ》きしめる腕は力強くて、抱きしめた身体は逞《たくま》しく、人間と変わらない。ただ羽が手の甲を優《やさ》しくくすぐるだけ。

押し倒《たお》された時、ふわっと一瞬《いっしゅん》身体が浮《う》いたように感じたのは、翼《つばさ》が広がったからなのか。唇や口の中を舐《な》める舌の、柔らかさや器用さ、いやらしさは、人間も同じなのかどうか。初めての優眞にはわからなかった。

口の中だけですごく感じてしまう。

「ん……んっ……」

鼻にかかった息が漏《も》れ、息苦しくて顎《あご》が上がる。息継《いきつ》ぎをしたくて逃《に》げようとしたら、

「嫌《いや》か?」

耳元で問われて首を強く横に振った。

「違う。苦しかっただけ」

「そうか……まあ、嫌だと言われても、もうやめてやれないけどな」

至近距離《きょり》にあるその顔が笑《え》みを浮かべた。クスッと、ニヤッの間くらいの笑み。

「やめないで」

優眞は自分の頭を少し持ち上げ、天雫に口づけた。チュッと一瞬。

「はあ……無邪気《むじゃき》ってのは凶器《きょうき》だな……一撃《いちげき》か。困ったもんだ」

苦笑《くしょう》と共にまた口づけられ、さっきよりも激しくむさぼられる。

前結びの帯がするりととかれた。夢中になって天雫の舌を追っていると、首筋を手のひらで撫でられてゾワッとした。

そのまま鎖骨《さこつ》から肩《かた》の方へと滑《すべ》った手によって、着物の襟元《えりもと》が開かれる。天雫の唇《くちびる》は耳元へと移動し、首筋へと滑り降りていった。

身体がゾクゾクする。気持ちいいのだけど、くすぐったくてやめてほしい。時々肌《はだ》を吸われると、ビクッと薄《うす》い身体が跳《は》ねた。

「は……ぁ……」

呼吸は吐息《といき》が多くなり、ガチガチに硬直《こうちょく》していた身体も次第《しだい》に緩《ゆる》んでいった。天雫の手に肌が馴染《なじ》んでいく。

「てん、じゅさん……」

「ん？」

「僕、なにしたら、いい？」

掠《かす》れた声で問いかければ、天雫が胸の上でクスッと笑った。

「なにも。ただ……いつも言ってるだろ？　我慢《がまん》はしなくていい。気持ちいいとか悪いとか、正直に言え」

「うん、わかった」

天雫が笑ってるのが嬉《うれ》しい。でも目が少しいつもより余裕《よゆう》がない感じで、それも嬉しかった。もっと余裕がなくなって、もっと夢中になってほしい。自分の身体なんかじゃそれは無理かもしれないけど、頑張《がんば》ってみる。

そう意気込んでみたのだが。

「育ったな……来た時はまだ幼児体型だったのに」

襟《えり》を開いて見下ろし、クスクス笑いながらそんなことを言われ、憤慨《ふんがい》する。

「幼児……って、そこまでひどくなかったよ！」

チビでやせっぽちだったが、幼児体型なんてあんまりだ。

「天狗ってのはお稚児《ちご》趣味《しゅみ》があったりするんだぜ？　可愛《かわい》いガキは狙《ねら》われやすいんだ。あの頃《ころ》のおまえが一番危なかった」

「そ、そうなの!?」

稚児というのはこの場合少年のことだろう。じゃあまさか――。

「禄ちゃんが連れていかれたのも⁉」

「いや、あれは……どうかな。違うと思うが、そうなってる可能性もないとは言えないな。なんにせよ天禄は大丈夫《だいじょうぶ》だ」

なぜそんなに鷹揚《おうよう》に構えていられるのか。

「禄ちゃんのことはすごく信用しているよね？」

「信用というか……あれはなんとしても生きていく。端的《たんてき》に言えば、俺に似てる」

「なる、ほど」

天雫は自分を信じてるのだ。なにがあっても生き抜《ぬ》くと。

「死のうとした僕は弱くて……呆《あき》れた？」

もしくは同情したのか。

「いや。あんまり潔《いさぎよ》く飛ぶから驚《おどろ》いた。翼もないくせに、嬉しそうに……。一瞬、俺が見えてるのかと思った。助けろと言われた気がして、思わず助けてた」

「女だと思ってたから？」

「そんなこと考える余裕はなかったけど、まあそうかもな。死のうとする女はとりあえず助ける、あわよくば子を産んでもらうってのが、染《し》みついてるからな」

「そっか……女の格好もいいことあったね」

優眞は笑った。嫌々穿《は》いていたミニスカートが命を救ってくれて、天雫と引き合わせてくれた。

「おまえな……んなことで、そんな可愛い顔して笑うな」

天雫は少し悲しそうな顔で優眞に口づけた。優《やさ》しく。傷を癒《い》やすようなキスだった。

「天雫さんはお稚児趣味、ある？」

もしかしたら前の自分の方が趣味だった、なんてこともあるかもしれない。

「いや俺は……もっと育った方が好みだな」

「そっか……」

もっと育って、天雫に会うことはあるのだろうか。

優眞の笑顔は翳《かげ》り、その未成熟な胸に天雫の唇が落ちる。白い肌に薄いピンクを二しずくたらしたような薄い胸板《むないた》。大人の唇がそのピンクを吸い上げる。

「やぁ……」

あえかな声。

舌がその中に埋《う》もれた粒《つぶ》を探《さぐ》って誘《さそ》い出す。しつこく促《うなが》してやっとそれは顔を出した。

「……ぁ、あ、んん……」

優眞の身体《からだ》は朱《しゅ》に染まる。恥ずかしくてならなかった。なぜそんなことをするのかわからなくて、でもその舌先に感じてしまって。

もっとグリグリしてほしいような、もうやめてほしいような。顔を真っ赤にして自分の胸に吸い付いている天雫を見下ろす。

「小さくて可愛い乳首《ちくび》だな」

言われてさらに赤くなる。顔を離《はな》した天雫と目が合って、咄嗟《とっさ》に横を向いた。

恥ずかしい。恥ずかしい。

その頬《ほお》に天雫が手を添《そ》えた。

「これくらいで、泣くなよ?」

ハッと天雫の方を向く。

「泣、かないよ!」

「そうか。まあ……最終的には、泣くはめになるかもしれないけどな」

「え?」

反対側の乳首も掘《ほ》り起こされ、天雫の口には小さすぎるそれが物足りなそうに見えた。

でも舐められて噛《か》まれると、どうしたことか全身に電気が走る。特に股間《こかん》にじわりと熱いものが集まる感じがして、モゾモゾした。

「あ……やぁ……」

思わず天雫の肩を押し戻《もど》すが、ピクリとも動かない。楽しげに乳首を弄《いじ》り回し、優眞の身体をビクビク跳ねさせる。

「や、や……ぁ、……あ、あ、あんっ……」

モゾモゾする股間を摑《つか》まれて、大きな声が出てしまった。慌《あわ》てて口を塞《ふさ》ぐ。

「声は出せばいい。聞かせてやれ」

「聞か、せて……て？」

天雫が聞きたいのなら聞かせてやってもいいのだけど、聞かせてやれというのはまさか……。天狗《てんぐ》はとても耳がいいのだということを思い出し、恥《は》ずかしさに身悶《みもだ》えする。なんとか声を堪《こら》えようとするのだけど、股間を扱《しご》かれると、どうしようもなく声が溢《あふ》れた。

「や、あ、あん……あ、やっ、やぁ……」

「その調子。いい声だ」

チュッとことさら大きな音を立てて乳首を吸い上げる。自分の声とくちゅくちゅと濡《ぬ》れた音。恥ずかしくて身体は熱くて、そのうち爆発《ばくはつ》してしまうんじゃないかと思えた。

「あ、や……ちくび、痛……もう、ゃ……」

叩《たた》き起こされたばかりの乳首はまだ弄り回されることに慣れていない。ピンクの慎《つつ》ましやかなそれは、ツンと尖《とが》って文句を言う。でも舐《な》められると弱い。濡れると痛みが和《やわ》らいで、もっと擦《こす》ってほしくなる。

「んっ！　あ……あぁ……」

股間のものを擦り上げられて、優眞はあられもなく脚《あし》を開いた。どんどんそこに熱が溜《た》まって、硬《かた》くなってそそり立つ。

ピンクで小さいが、それは確かに男のものだった。同じピンクでも乳首のような慎ましさはなく、攻撃的《こうげきてき》に天を向いている。先端《せんたん》から涙《なみだ》のようなものが溢れ出し、それは天雫の指を濡らして、もっと触《さわ》ってほしいと浅ましくねだった。

「てん、じゅさ……あ、ん……、気持ちい……気持ちぃー、よぉ……」

声を出すことに躊躇《ちゅうちょ》がなくなる。気持ちよくてたまらなかった。

「ああ、それでいい。もっとしてほしいか？」

「ん、うん。……して、もっとして」

甘えた声を出して天雫の手を握《にぎ》り、一緒《いっしょ》に動かした。初めての快感に夢中だった。気持ちよすぎてどうにかなってしまいそうだ。

「可愛いな……」

堪えきれずに腰《こし》を揺《ゆ》らす優眞を天雫は優しく見下ろす。その天雫を、優眞はとろんと濡れた目で見上げた。

「てん、じゅさんは……？　きもち、いい？」

なにもされてないのに気持ちいいわけがないだろうと思いながら、問いかける。

「ああ。すごくいい。最高に盛り上がってる……これ以上ないくらい」

「本当⁉」

それが本当なら嬉《うれ》しい。

「本当だ。翼《つばさ》がまったく収まらない」

確かに翼はずっと大きく開いたまま、時にバサバサと羽ばたく。視界を埋める艶《つや》やかな黒。

「気持ちいいと、広がる？」

「ああ」

「そっか……」

嬉しくて、濡れた手を天雫の背中へ、翼の付け根へと伸《の》ばした。そこに触《ふ》れた途端《とたん》、バサッと翼が羽ばたいて驚いた。

「そこは、触るな」

天雫が珍《めずら》しく声を詰《つ》まらせた。

「え？　ここって……急所的な？」

「そこは……弱い」

「へえ、へえ」

そっと触ってみたら、睨《にら》まれた。

「もしかして、気持ちいいの？」

「……触るな」

困ったような顔が少し可愛《かわい》いなと思って、優眞はにっこり笑った。天雫の弱いところ。秘密を握ってしまった。いや、天狗はみんなそうなのかもしれないけど。

するとトロトロの股間を握られ、前より激しく擦られて、あっさり主導権は奪《うば》い返された。

「ひゃっ……あ……んっ、あん……っ」

「おまえが煽《あお》ったんだからな……」

「てん……じゅっ、さ……あ、あ……いいよぅ……」

「とことん優しくして、感じさせて、身体が俺を忘れないようにするつもりだったのに……余《よ》裕《ゆう》がない」

「忘れない……忘れないよっ、絶対」

天雫は記《き》憶《おく》を消すつもりなのだ。そう思ったら胸が詰まった。大国で死《し》刑《けい》宣告を受けた気分。

「絶対……絶対」

ギュッと天雫を抱《だ》きしめて、翼の間の背中に爪《つめ》を立てる。でもまだ天雫は着物を着たままで肌《はだ》に届かない。手甲《てっこう》や襟巻《えりま》きは外したが、袴《はかま》も脚絆《きゃはん》も着けたままだ。

「着物、脱《ぬ》がないの？」

「ああ……悪い。これは翼をしまわないと脱げない。今はどうやったって、しまえないから」

着物の前を開いて逞《たくま》しい胸板を晒《さら》す。そこまでしかできないということらしい。

そういえばいつも、着物を着てから、バサッと翼を出していた。

「なんで、最初に脱がなかった、の……？」

少し非難するように言った。拗《す》ねたように、ともいう。

「最初からビンビンで脱げなかったんだろ。おまえが……抱いてとか言うから」

「え……僕を、抱きたかった、の……？」

まさかと思いながら問いかける。抱き合って眠《ねむ》っても天雫はなにもしてこなかった。

「俺ほど自制心のある天狗はいない」

「なんで、自制……」

「おまえはガキで、人間だし……手は出さずに帰すつもりだった」

「でも、記憶を消すつもりだったなら、抱いちゃっても……」

清い身体《からだ》で帰してやろうとかそういうことなのか。大人の優《やさ》しさというやつなのか。

「抱いたら、帰したくなくなるだろう」

天雫はムスッと言った。不本意そうに。

「じゃあ、帰さないで」

「それは……」

天雫は言葉を切って、なにも言わず優眞を再び感じさせはじめる。

優眞の少年の部分を擦って、先端を撫《な》でた。

「あ、ああっ！」

不意打ちに優眞はビクビクッと身体を震《ふる》わせて、白いものを吐《は》き出した。

「あ、や……で……出ちゃっ……」

　こうして精を吐き出したのは初めてだった。自分で弄ったこともなく、夢を見て下着を濡らしたことがあった程度。

「ごめ……」

「なにを謝ってる？　ひとりだけイッたからか？」

「天雫さんの、手に、出……」

「こんなの……。じゃあ、おまえの中に出そうと思ってる俺は極悪人《ごくあく》だな」

「中……」

　思い出したのは、天狗同士でやっていた光景。そうだった、男でも中に入れてもらうことができるのだ。

「僕……後ろ、向いた方が……」

「いや。おまえの顔を見ていたい。この体位は天狗では難しいしな」

　翼があると仰向《あおむ》けに寝《ね》るのは難しいだろう。感じていると翼は出っぱなしのようだし。

「えへ……人間でいいこと、あったね」

　天雫といると、いろんないいことが見つかる。

「そういう顔、もっと見せろ」

　いいことばっかりなのに。なぜ離《はな》れなくちゃならないのだろう。

笑おうとしたけど、ちょっと泣きそうになった。

離れたくない。忘れたくない。

「好き……好き、天雫さんがっ」

ギュッとしがみつく。

「優眞……」

抱きしめられて、さらにしがみつく。絶対に離れたくないと全身で告げる。

溜息《ためいき》のような吐息《といき》が髪《かみ》にかかった。髪の分け目に口づけられ、背中を撫でられる。まるでぐずる子供をあやすかのようだ。

困らせているのはわかるのだが、ぐずりたい。聞き分けのいい子にはなれない。

しばらくくっついていたけど、やんわり引き剝《は》がされた。

「優眞……そろそろ限界なんだが……入れられたくないなら、そう言っ――」

「違《ちが》うよっ」

慌《あわ》てて言った。

「あ、いや、あの……ごめんなさい。入れてほしい、です」

「またそういう可愛いこと……」

天雫は斜《なな》め上を向いて溜息をつき、優眞の目元にキスを落とした。そして白い肌の手ざわりを確かめて、またピンクの突起《とっき》を抓《つま》む。

「ん、ゃ……」

　一度は出して収まった股間《こかん》があっさりとまた立ち上がる。いたって素直《すなお》に。胸を舐《な》められて背中を布団《ふとん》に擦《こす》りつけた。モゾモゾと身体をうねらせる。感じすぎて、じっとしていられない。

　どんどん感覚が鋭敏《えいびん》になっていくようだ。天雫の愛撫《あいぶ》に馴染《なじ》み、すぐに反応を返す。優眞の股間のものは、天雫の大きな手には物足りないサイズだったが、ゆっくり可愛がられれば若干《じゃっかん》大きくなる。

　しかし袴を緩《ゆる》めた天雫が持ち出したものは、同じ機能のものとは思えない大きさだった。ふてぶてしく攻撃的《こうげきてき》。優眞のピンク色とは比べようもない黒さ。天狗《てんぐ》だからなのか、大人だからなのか、優眞にはわからなかった。

「お、大きいね……」

　思わず口に出して言ってしまう。天雫が毒気を抜《ぬ》かれたようにクッと笑って、子供っぽいことを言った自分に赤くなる。

　感想を述べている場合じゃない。

「怖《こわ》いか？」

　訊《き》かれて、首を横に振《ふ》った。

「怖くないよ、全然。でも……入るかな」

ただ純粋《じゅんすい》に疑問だった。脚《あし》を広げてみるが、それで穴が広がるわけもない。

「ああもう……まいるな……。悪いが、入らなくても入れるしかない。もう、のっぴきならない」

「うん」

入れられる覚悟《かくご》を決めて、目を瞑《つぶ》った。

きっと痛いのだろう。あんな大きなものが入るのだから。でも引く気にはなれない。引いてほしくもない。

女みたいだけど女ではなくて、入れられても子供はできないのだけど、それでも入れてほしい。この気持ちはなんなのか。

男なのに、入れたいなんて全然思わない。やっぱり間違《まちが》って産まれてきたのかもしれないけど、これでいい。

そう思えるのは、天雫が欲しがってくれたから――。

天雫の手が、広げた脚の間、後ろの方へと伸《の》びる。ギュッと締《し》まったそこを撫でられて、さらにギュッと締まる。

「あ……ごめ……」

思わず目を開ければ、天雫が笑った。

「謝るな。これからちょっと、無理をさせる」

「大丈夫《だいじょうぶ》だよ。したくてする無理は……努力、だから。頑張《がんば》る」

「そうだったな。じゃあ……努力、するか」

「うん」

微笑《ほほえ》みあって、天雫の指を受け入れる。努力といっても優眞にはすることがない。ただひたすら耐《た》えるだけ。

恥《は》ずかしさと違和感《いわかん》。異物感と痛み。

天雫は根気よくそこを緩め、優眞は耐える。しかし胸の粒《つぶ》を噛《か》まれてピクッと反応し、前を摑《つか》まれてまたピクッと反応する。

真剣勝負《しんけんしょうぶ》を邪魔《じゃま》されたような気分だが、天雫の手練手管に抗《あら》がう術《すべ》はなく翻弄《ほんろう》される。集中していた意識は散漫《さんまん》になって、後ろはいつの間にか緩められていた。

その経験値に感謝すべきなのだろうが、複雑な気分だった。

自分がいなくなったら、また誰《だれ》かとこういうことをするのだろう。それを止める権利はないし、天雫から自由を奪《うば》うようなことは言いたくない。

きっと天雫は、他《ほか》の奴《やつ》と寝るな、なんてことは言わない。束縛《そくばく》されたくないから、束縛しないのだ。今でも、人間の女と家庭を持てなんてことを言うかもしれない。

「きついか？」

「ちが……もういいよ。入れていいよ」

「泣きそうな顔になってるけど？」

「それは別件っていうか……」

「別件？　なんだ？」

「えっと……いいです」

「言わない？」

「言わない」

「あ、そう」

天雫は不満そうに指を抜くと、一瞬《いっしゅん》ニヤッと企《たくら》むような笑《え》みを浮《う》かべた。

その表情を不審《ふしん》に思ったのもつかの間、さっき見た大きなものがあてがわれ、それにしか意識が行かなくなった。

熱い。じわり、入ってくる。ゆっくり……。怖い。けど嬉《うれ》しい。

重なって、交わる。ゆっくり抜き差しされて混ざっていく。

徐々《じょじょ》に奥へ、深くなって……それに比例して眉間《みけん》に皺《しわ》が寄る。ギュッと歯を食いしばる。

「優眞……」

頬《ほお》に手を当てられて、少しだけ力が抜けた。うっすら目を開ければ、天雫の顔が近づいてきて、口づけに応《こた》えると上も下も交わり、苦しいけど気持ちよくなる。

「天雫さ……ぁ……あ……入った？　全部……？」

「ああ」

前髪《まえがみ》を搔《か》き上げられ、間近に優《やさ》しい瞳《ひとみ》と目が合う。グレーの虹彩《こうさい》が不思議に揺《ゆ》らめいて、優眞はうっとりと微笑んだ。

しかし大きく突《つ》き上げられ、息を吞《の》む。

「子供……だと思ってたのに、んな色っぽい顔、すんな……加減ができなくなる」

中で動く、大きくて熱いもの。その存在感は凄《すさ》まじく、圧迫感《あっぱくかん》に思わず逃《に》げを打つ。心は悦《よろこ》んでも、身体《からだ》は辛《つら》い。

「優眞……」

大きな手で前を包み込まれた。擦られると次第《しだい》に悦びが増して、辛さを忘れていく。

いつしか自分で腰《こし》を揺らしていた。

「あ……あ、あ、……天雫さん……てんじゅさっ……」

前だけを擦られた時より快感が深い。繋《つな》がっているのが気持ちいい。

「よくなってきたか？」

問いかけに何度もうなずいた。

「優眞……さっき言ってた、別件ってなんだ？」

「え？」

「さっき、泣きそうな顔してたのは、なんで？」

「え？　え？　それ、は……あ、ぁ……」

思い出すのに時間がかかる。そんなこと、今訊かないでほしい。もっと擦ってほしい。

しかし天雫は焦《じ》らすように前を擦るのをやめ、後ろだけじわじわと揺らした。

「言え。全部、聞いてやるから」

その言葉がじわりと胸に染み込む。天雫はいつもちゃんと聞いてくれた。自分の声を。言葉を。いつだって。

「でも、無理、だし……」

「なにが？」

「天雫さんは、自由が好き……でしょ。僕以外を抱《だ》かないで、とか、無理……でしょ？」

その翼《つばさ》を封《ふう》じるようなことは言いたくないのだ。自由に飛んでいてほしい。たとえ手が届かなくても。

「妬《や》けるか？」

笑いを含《ふく》んだ問いかけに、優眞は大真面目《おおまじめ》にうなずいた。

「妬ける」

嫉妬《しっと》する。ものすごく。

「わかった。努力してみよう」

「え？」

「したくてする無理、なんだろ？　努力ってのは」

「したくて？」

「ああ。できれば俺だって、おまえだけを抱いていたい」

「本当に⁉」

「本当だ」

断言されて、優眞は満面の笑みを浮かべた。それは暗い部屋を一瞬、青空の下のように明るくした。

天雫にそんなことを言ってもらえるなんて……。嬉しい気持ちが溢《あふ》れる。天にも昇《のぼ》る気持ちとはこういうことを言うのだろう。今なら飛べるかもしれない。

その約束が守られるかどうかは重要ではない。絶対に特別だと言わない天雫が、おまえだけと言ってくれた。それだけでいい。

たとえ記憶《きおく》は失われても事実は消えない。天雫はリップサービスなんて絶対しない。

「甘やかしすぎだよ……天雫さん」

それからはもう、なにがなんだかわからないほど感じてしまった。

心も身体も全部、十七年分甘やかしてもらった。過去の辛いこともなにもかも吹《ふ》き飛んでしまった。

「天雫さ……、僕、ずっと……、ずっと一緒《いっしょ》にいたい」

ぎゅっとしがみついて訴《うった》える。

全身でしがみついてまとわりついて、天雫のことを放さない。

何度も口づけが降ってきて、撫《な》でられて、やっぱり甘やかすだけ甘やかす。のに、それに対する返事はなかった。

おまえを放さないとは言ってくれない。

「優眞……俺は、約束は守る」

それはさっきの「おまえだけ」という言葉のことか、ずっと前の「大人になるまで」という約束のことなのか。どちらも守るということなのか。

ただそばにいたいだけなのに。

「僕……僕、ちゃんと、大人になって、ちゃんと……」

戻《もど》ってくる。ここに。この腕《うで》の中に。

一度帰らないと、天雫は優眞の存在を前向きに受け入れられないのだろう。ねだって、甘やかされて、ここにいることを許してもらったとしても、天雫はずっと罪悪感を抱《かか》えたまま、優眞はずっとお荷物のまま。本当に欲しい関係は決して手に入らない。

「ん、んんっ！　あ、てんじゅさ……もっと、もっとしてっ、もっと、気持ちよ……く、してっ」

忘れられないように。離《はな》れている間も足りなくならないように。

ちゃんと自分の足で立って、自分の足で帰ってくるから。絶対に。

刷り込みなんてとっくに凌駕《りょうが》している。愛しているのだ。それを証明してみせる。

「優眞……」

何度もキスされて、中に注がれて、初めてには激しすぎる、濃《こ》すぎる交わりをしても尚《なお》、離れられなかった。

体力が尽《つ》きても尚――。

抱き合って、ひとつの布団《ふとん》で眠《ねむ》る。

「天雫さん、ひとつだけ、お願いがあります」

「おまえは、ひとつだけが多すぎる」

向き合って、髪《かみ》を弄《いじ》られながら、優眞は本当は泣きたかった。

「僕、ちゃんと人間界で生きてみるから。だから……記憶は消さないで」

髪を弄っていた天雫の手が止まった。

足を踏《ふ》み出すことには同意したけど、過去を消されるのは納得《なっとく》できない。

「ここでのことは、僕の生きる糧《かて》なんだ。全部取り上げられたら、生きていけない」

結局ここの場所も戻ってくる方法もわかっていない。だから自力で戻るのは難しいかもしれないけど、記憶を消されなければ、努力はできる。

「わかった」

「本当に⁉」

それはタブーを犯《おか》すということ。自分で頼《たの》んでおきながら心配になる。

「いいの？　天雫さんは大丈夫《だいじょうぶ》なの？」

「俺の心配はいらない。これでも権力者だからな」

力を誇示《こじ》するようなことは言わない天雫がそう言った。

「おまえも約束しろ。ちゃんと人間として生きると。ちゃんと、人を好きになると」

「好きに……なっていいの？」

ちょっとやさぐれて問いかける。

「まあ……普通《ふつう》にな。普通に」

その答えに少し笑ってしまった。

「約束守っていい子にしてたら、なんかいいことある？」

「そうだな……。いい子がちゃんと大人になったと思ったら、迎《むか》えにいってやる」

「ほ、本当⁉」

思わず顔を上げて天雫の目を見る。ぐずる子供をおとなしくさせるための嘘《うそ》、ではないことを確かめる。

「ああ。その時に、戻るか、残るかはおまえ次第だ」

「戻るに決まってるよ！　絶対、帰ってくるよ、ここに」

天雫の胸に顔を埋《うず》めてギュッと強く抱きつく。広い胸の安心感。湿《しめ》った感触《かんしょく》に昂揚《こうよう》し、天雫の匂《にお》いを吸い込む。

絶対に忘れない。

「そうだといいけどな……」

「信じてないね。子供扱《あつか》いしてさ。僕の本気を思い知るといいよ」

「ああ、楽しみだ」

天雫を信じる。自分を信じる。そして、天雫に信じてもらう。

辛《つら》い試練の先には、二人の明るい未来があると信じていた。

しかし、現実はそんなに甘くなかった。現実が自分に厳しいということを、優眞は嫌《いや》というほど知っていたはずなのに。幸せな生活を送りすぎて、平和ボケしていたのだろう。

大人はずるく、現実は一筋縄《ひとすじなわ》ではいかなかった。

十七歳の帰宅

目が覚めると、ベッドの上だった。

白いクロスの張られた天井《てんじょう》に、丸いライト。見覚えのある、以前のままの自分の部屋。しかし、現代的な部屋のすべてに違和感《いわかん》を覚える。

人間界に帰ってきたのだということを、優眞はなかなか受け入れられなかった。

深い深い夢から覚めた気分。頭が重く、里での最後のシーンを思い出せない。

別れは告げただろうか。

……誰《だれ》に？　それは……。

大きな翼《つばさ》を広げた黒いシルエットが浮《う》かんで、遠ざかる。顔はぼやけていて思い出せない。

優眞は溜息《ためいき》をついて起き上がった。身につけている青いパジャマに見覚えはない。

わざわざ買ってきて着せてくれたのか。マメだな……と思って、しかしそのマメな人が誰なのか思い出せなかった。無理に思い出そうとすると、頭痛がする。

水でも飲もうとドアノブに手をかけたが、開けるのを躊躇《ちゅうちょ》する。

このドアの向こうにはなにがあるのか。時計を見れば七時。外は明るいから朝だろう。父が以前のままのサイクルで生活をしているなら、もうすぐ出勤という時間。

覚えている。七時半になったらとりあえず解放される。いつもそう思っていた。

古い記憶が呼び覚まされて、途端《とたん》に逃《に》げたくなった。

でも、ちゃんとする。そう約束した。

約束……誰と？

霞《かすみ》の向こうに隠《かく》れてしまう黒い影《かげ》を追いかけるけど、あやふやになって消えてしまう。

思い切って外に出た。

「ゆ、ゆ、優眞……!?」

ああ、老《ふ》けた……そう思った。

父は外に出る時はいつもピシッとしている人だった。一分の隙《すき》もなく。だから誰も変態だなんて信じなかった。

でも、整えたのであろう髪が一房《ひとふさ》、ピンと撥《は》ねていた。

「ただいま、お父さん」

そういえば、父が優眞と自分のことを呼ぶのも久しぶりに聞いた。

「本当に……生きて……」

信じられないという顔。寄ってきて、触《さわ》られて、反射的に身体《からだ》がビクッとなった。

「ああ、ごめん……ごめんな、優眞」

「うん」

なにを言っていいのかわからなかった。

父が反省しているらしいことはわかる。もう昔とは違《ちが》う。なにより優眞自身が違うから、同じことは繰《く》り返されない。

父は申し訳なさそうに、そして寂《さび》しそうに笑って、優眞の体調を気遣《きづか》った。会社を休んで病院につきそうなんて言い出すから、驚《おどろ》いて、そしてこそばゆくなった。なにがあっても、自分のために会社を休むような人ではなかったのに。

心配して反省して後悔《こうかい》して……そういうのは伝わってきた。どうしてもここで優眞の帰りを待っていたいからと、転勤を拒否《きょひ》したら閑職《かんしょく》に飛ばされたらしい。でもそれで、大切なものを見直す時間ができたのだと父は言った。

父の全面的な謝罪を優眞は受け入れた。

「まるで……さなぎが羽化《うか》したみたいだ」

父は眩《まぶ》しそうに優眞を見た。その視線が少し照れくさい。

「うん、羽が生えたんだ。僕はもうちゃんと自分で飛べるよ」

十七歳。本来ならまだ高校生だが、優眞はもう親の手を必要としていなかった。自分の翼で飛べる。

父を怯《おび》えながら見上げていた視線は、もう少しで追いつくところまで近づいていた。

もう怖《こわ》くない。嫌なことを命じられて諾々《だくだく》と従うこともしない。

誰も聞いてくれなくても自己主張はする。ちゃんと生きる。生きたい。死にたくない。生への執着《しゅうちゃく》は優眞が幸せになった証《あかし》であり、大人になった証だった。

もう子供ではない。再び、新たに歩み出す。自分の生きたい未来へ向かって。

優眞は、高等学校卒業程度認定《にんてい》試験を受けて合格し、さらに大学を受験して合格した。十八歳。かつての同級生たちがストレートで入学するのと同じ年に、大学へと入学した。まるで消えていた三年間などなかったかのような日常。

最初のうちは、どうやってどこに行ってなにをしていたのか、いろんな人からしつこく訊《き》かれたが、覚えていないと言い続けた。現代版神隠《かみかく》し——そう言われたが、神隠しに現代版なんてない。今も昔も神隠しは神隠しだ。

少し経《た》って、父親にだけ本当のことを言ったが、すべて信じているわけではないだろう。頭を打っておかしくなっていたのか、作り話をしているか、そんなふうに思っているかもしれない。

でも別にそれでよかった。ただ自分は不幸ではなかったと言いたかっただけだから。

優眞自身、天狗《てんぐ》の里でのことを明確に覚えているわけではない。日が経つにつれ、すごい勢いで記憶《きおく》は薄《うす》れていく。だから覚えていることを片っ端《ぱし》からノートに書いて、必死で繋《つな》ぎ止めている。

女の格好をして、女のふりをしていた。野菜を作って、料理を作って、みんなに喜ばれていた。自分は誰かの嫁《よめ》だった。だから、帰らなくちゃいけない。

前もこんな風にノートに書き留めていた気がする。でも肝心《かんじん》のその内容は思い出せなかった。優眞が通っているのは自宅近くの農業大学で、男女比は七対三というところ。だからというわけではないのだろうが、女みたいな容姿の優眞に男たちはわりと親切だ。

昔は可愛《かわい》いと言われていた容姿も、綺麗《きれい》だと言われることが多くなった。いじめられることも、疎外感《そがいかん》を覚えることもない。しかし変わり者だというレッテルはしっかり貼《は》られた。周囲の視線をあまり気にしなかったから。

図書館で山の写真や山の地図を広げ、伝承や怪奇《かいき》現象などを調べる。特に天狗にまつわるものを。

しかしそのほとんどは作り話だ。為政者《いせいしゃ》や修験者《しゅげんじゃ》が、自分の力を誇示《こじ》するために、天狗を成敗した、もしくは使役《しえき》したと吹聴《ふいちょう》する、それが伝説となる。

それ以外では空を飛ぶとか、風を起こすとか、大きな音を轟《とどろ》かせるとか、イタズラ好きの妖《よう》怪扱《かいあつか》い。河童《かっぱ》や狐《きつね》と同列だ。それもあながち間違《まちが》いではないのだが。

自分の知っている天狗はもっと誠実で……もっと……。

薄れる記憶を追いかけるように、優眞は大学の休みを利用して、全国に数カ所ある天狗の山といわれているところに行ってみた。しかし見覚えのある景色には出会えなかった。

記憶は薄れているだけではない。確実にぽっかり抜《ぬ》け落ちている部分がある。肝心な、どうやってあそこへ行ったのか、ということがまったく思い出せなかった。天狗たちの名前も思い出せない。

とても言い慣れた大事な名前があるはずなのに、どうしても出てこない。

記憶を追いかけながら、新しい知識の習得にも励《はげ》んだ。野菜の品種改良などについて主に勉強している。気候、風土、遺伝子……自然は奥が深く、学ぶことはいくらでもあった。

人間は自然の中で生かされている。自然が壊《こわ》れれば、人間は簡単に壊れる。自然災害は人に与《あた》えられる試練。防ぐことはできないが、人には再生する強さが与えられている。

そんなことを聞いた気がするのだ。どこかで。誰かに。

「ああ、モヤモヤするぅ……」

頭を抱《かか》えて独り言を呟《つぶや》くことは多かった。

「マリッジブルーか？」

大学を卒業したら結婚《けっこん》するつもり――そんなことを言ったばかりに、そういうからかわれ方をするようになった。

「結婚できるなら僕は絶対にブルーになんかならないよ」

自信を持って言い返す。その相手すら覚えていないのにおかしな話だ。

「ふーん、相手ってどんな人なの？　高梨より可愛いの？　それとも美人系？　意外にぽっちゃりブスとか」

「内緒《ないしょ》」

結婚相手に関する質問にはずっとノーコメントを貫《つらぬ》いている。言いたくても覚えていないのだからしょうがない。覚えていたらきっと思いっきり惚気《のろけ》たはずだ。

開け放たれた窓から、ふわりと風が入ってきて外に目を向ける。木の上になにか黒いものを見た気がして、慌《あわ》てて立ち上がって窓辺に突進《とっしん》した。

「あ、おい、危ないぞ！」

よく見ようと身を乗り出した優眞を、近くにいた男たちが止めた。

肩《かた》を摑《つか》まれた手の感触《かんしょく》にハッとして振《ふ》り返る。そこにあまり見たことのない黒髪《くろかみ》の男がいた。

その顔をマジマジと見つめる。

「なに？」

男は薄く笑《え》みを浮《う》かべて手を離《はな》した。

「いや……」

「おかしな奴《やつ》だな。落ちるなよ……死ぬぞ？」

呆《あき》れたような声。そのなにかが心の琴線《きんせん》に触《ふ》れた。きみは……と、名前を問おうとしたら、もうその姿がなかった。

「今の、誰《だれ》？」

周りにいた奴らに問いかけてみた。

「え？　今のって誰のこと？」

逆に問われてしまう。まさか……と図書館の出口へと駆《か》けていくが、さっき見たばかりの男の記憶がすでに曖昧《あいまい》になっていて、捜《さが》せない。

「ああ、モヤモヤするー！」

そればっかりだ。今のは幻覚《げんかく》か？　妄想《もうそう》か？　頭がおかしくなっているのか？

せめて里を見つけることができれば、少しはすっきりするはずと、有毒な火山ガスが発生することで有名な近くの山に出向いた。近くといっても、電車を乗り継《つ》いで三時間もかかった。優眞の家からは、どの山に行くにもそれくらいはかかる。

天狗ならひとっ飛びなのだろうが。

麓《ふもと》から見上げると、そこはまさに死の山といった風情《ふぜい》だった。山肌《やまはだ》は白っぽいグレー。ゴツゴツと岩が剝《む》き出しで、粒《つぶ》が細かな砂地のところは、硫黄《いおう》で黄色く濁《にご》っている。臭《くさ》い。どこにも緑は見えない。天狗の里は深い森に囲まれていた。明らかに景色が違《ちが》う。

でも、人間の目に見える景色がすべてではないから、可能性は捨てきれない。

里の外れに地獄《じごく》谷があったことは覚えているのだ。有毒ガスが人間の侵入を防いでいると聞いたことも。

しかしガスが出るとわかっていれば、対策のしようはある。ここは文明の利器の出番だ。

インターネットで購入《こうにゅう》した防毒マスク。ゴーグル付きのちょっといいやつ。こういうものが簡単に手に入る便利な世の中はありがたい。

でも、帰りたいのは、電気も通ってない不便極《きわ》まりない場所。

「ガス発生危険・立ち入り禁止」の看板が至る所に立っていたが、優眞の目には「ここが入り口です」と書いてあるように見えた。

人目がないことを確認して、防毒マスクを装着し、どんどん中に入っていく。

こんなこと、バレればただでは済まない。もし救助隊なんて動かしてしまったら、袋叩《ふくろだた》きの目に遭《あ》うだろう。冒険心《ぼうけんしん》や遊び心は、無謀《むぼう》、愚《おろ》かと訳される世知辛《せちがら》い世の中だ。最悪、退学なんてことにもなりかねない。

それでもやらずにはいられなかった。

草木のまばらな大地を踏《ふ》みしめて歩いていく。死の谷、地獄谷と呼ばれる不毛の地。天狗より悪魔《あくま》が似合うが、ビジュアル的にはどちらも大差ない。

黒い翼《つばさ》がファサッと風を切る。思い出して空を見上げたところで、ちょっと大きめの石を踏んでしまった。

石がゴロッと動いて身体《からだ》が傾《かし》ぐ。手を突《つ》いたので大事には至らなかったが、素人《しろうと》が装着したマスクは簡単にずれた。

ほんの少しずれただけで、ガスは入ってくる。焦《あせ》っていたために呼吸は深く、思いっきり吸い込んでしまった。

あ、ヤバい……。

そう思った時には目の前が霞《かす》んでいた。立ち上がろうとしてふらつき、剝き出しの白い大地に突っ伏《ぷ》して、ブラックアウトする。

「ったく……。無茶《むちゃ》をするわ、詰《つ》めは甘いわ……生きろと言っただろう」

懐《なつ》かしい声。目を開けたいのに、瞼《まぶた》が少しも動かない。

軽々と抱《だ》き上げられ、この腕《うで》に天国に連れていってもらったのだと思い出す。

もう一度天国へ。あの里へ。意識を失い、その腕に身を預けた。

なぜまた自分の部屋のベッドの上なのか。

『……ったく……』

呆れたような声を聞いた気がしたのだけれど。

逞《たくま》しい腕に抱かれて、悠々《ゆうゆう》と空を飛んだ気がしたのだけれど。

幻聴《げんちょう》？　妄想？　いや違う。だって肌《はだ》がゾクゾクしている。もっと抱かれていたかったと言っている。これが妄想なら、もう末期だ。

思い出しても黒いぼんやりとしたシルエットでしかないのに、顔も性格もなにもかも覚えていないのに、求めている。自分にはこの人しかいないと思っている。

たぶん自分は、愛する人のためなら世界をも敵に回すタイプだ。たとえ相手が最悪の殺人鬼《さつじんき》だったとしても、そばにいることをやめない。好きになった人が紛争《ふんそう》地帯に住んでいたら、間《ま》違《ちが》いなくそこに乗り込んでいく。

捧《ささ》げて尽《つ》くして……相手が悪人だったら最悪なことになるが、自信があるのだ。世界のすべてを呪《のろ》っていた自分が、今はすべてをありのまま受け入れられる。好きになったのは誰より光り輝《かがや》いている素敵《すてき》な人に違いない。

しかしたぶん意地悪な人だ。

なぜそのまま連れていってくれなかったのか。まだ資格がないということなのか。

でも、助けてくれたということは見ていてくれたということ。たまたま通りがかりの天狗《てんぐ》が……という可能性はかなり低いはずだ。

仕方ないから勉強する。料理もする。ベランダに菜園も作ってみた。それなりにキャンパスライフも謳歌《おうか》し、そこそこ友達とも遊んだが、恋《こい》をするには至らなかった。

自分にはたったひとりなのだ。すでに恋しているから他《ほか》の人は目に入らない。再び会えないのなら、ずっと独りだ。

早く迎《むか》えに来てほしい。

――迎えに？

今なぜそう思ったのか。そんな約束を自分はしたのだろうか。したのかもしれない。

先日抱き上げられてから、部分的にチラチラと記憶《きおく》がよみがえる時がある。時々ひどく切なくて泣きたくなった。抱きしめられたい。抱かれたい。それは脳の記憶というより、肌の記憶。強く刷り込まれたもの。


そうしてまた一年が経《た》ち、優眞は二十歳《はたち》になった。

昨夜、二十歳の誕生日を父が祝ってくれた。手料理まで作ってくれたのだ。ものすごく感動した。初めて帰ってきてよかったと思った。

十四歳の誕生日は誰も祝ってくれなくて、世界にたった独りのような気がしていた。

誰も自分に関心がなく、誰も自分を見ていない。世の中に必要のない人間なのだと思った。

だから死ぬことは怖《こわ》くなかった。

でも、生きててよかった。

十四年くらいで自分を見切ってしまうのは早すぎる。人生なにが起こるかわからない。まったく思いもしないことが起こるものだから。

『生きろ』

その声は今もはっきりと耳に残っている。

家にいる時は、ベランダに出て、遠くの山を見つめることが多かった。

もう夕暮れ時。逢魔《おうま》が時。茜色《あかねいろ》の空に闇《やみ》が迫《せま》っている。山はもう闇に包まれていた。

空と稜線《りょうせん》の境目が曖昧な闇夜《やみよ》にも、ここで山を見ていた。白い息を吐《は》きながら。この記憶はいつのものか。

「かーらーすーなぜなくのー……」

なんとなく口ずさんでいた。それだけなのに胸がキュッと痛くなる。

『おまえの歌はなんでもうろ覚えだな』

そう言った誰《だれ》かの笑顔を思い出した気がした。

「からすはやーまーにー」

歌えばもっと思い出すのかと歌い続ける。

「かーわいーい、なぁなぁつーの、子があるかーら……」

黒い山から小さな点がプツッと離《はな》れ、赤い空に浮《う》いた。それがどんどんどん大きくなっていく。最初は鴉《からす》かと思っていたものが、あきらかにそうではないものになって迫ってくる。人のようで人ではない。人は空を飛べない。黒い翼は風を切り、ファッサファッサと、羽ばたきは優雅《ゆうが》なのにすごい速さで近づいてくる。

黒い髪《かみ》、鋭《するど》い瞳《ひとみ》、その口元には笑《え》み。黒い山伏装束《やまぶししょうぞく》は膝下《ひざした》までの袴《はかま》がひらひらと、ふくらはぎはキュッと締《し》まって格好いい。

ベランダの塀《へい》の上に、下駄《げた》の一本歯ですらりと立つ。見下ろされ、優眞はポカンと見上げた。

「ゆう、見つけたー！　歌が聞こえたんだ。……やっと会えた！」

ピョンッとベランダに降り立ち、ギュッと優眞を抱きしめる。

黒い大きな翼がバサッと開いた。ああ、この翼が見たかったんだ……と嬉《うれ》しくなったが、ゾクゾクするほどの興奮はなかった。

「……誰？」

問いかける。再会を喜んでくれている相手にそれを訊《き》くのは申し訳ないけれど。

「え？　俺がわからないの？」

「ごめんなさい」

唇《くちびる》を尖《とが》らせた不満そうな顔を見て、心のなにかが反応する。でも、こんなに強く抱きしめられているのになにも感じないのは、あの人ではないということだろう。自分の肌感覚を信用するならば。

「記憶消されちゃったの!?　それをしなかったから、あいつ消えたって聞いたんだけど」

「あいつ？」

問い返したけど、それには答えてもらえなかった。顔がグッと近づいてきて、

「俺は天禄だよ。忘れちゃった？」

悲しそうに訊かれる。

「天禄……天、禄……禄ちゃん!?」

「そう、俺！」

名前から記憶が引っ張り出された。しかし、顔を見てわからなかったのは、記憶が薄《うす》れているせいばかりではないだろう。

「育ちすぎだよ……三年ちょっとしか経ってないのに」

「あ、そうか。ゆうが知ってる俺って、幼児だったっけ。ハートはそんなに変わってないんだけど」

今の見た目は人間年齢《ねんれい》にして十七歳くらい。高校生と間違われることもある優眞とは、同い年くらいに見えるだろう。子供の頃《ころ》からきりりと整っていた顔は、成長して鋭さを増し、格好よくなった。大学に行けば、女子にキャーキャー言われるに違《ちが》いない。

似ている……と思う。でも、誰に？

そう思ったところで、唇に柔《やわ》らかいものを感じた。

「んん!?」

キス。されて思い出す。幼児というより赤ん坊《ぼう》くらいの時にそれをやられたことを。ハートは変わらないということは、天禄の気持ち的には今と同じ感覚だったのか。

「な、なにしてんの！　禄ちゃん!?」

慌《あわ》てて突《つ》き放す。

「なにって、好きな人にはキスするだろ？　人間だって」

「相手の同意なしにはしないから。それやったら人間なら捕《つか》まるよ！」

「同意？　いいよね？」

「よくないよ」

「いいじゃん、キスしてもあいつ出てこないし。俺はあいつを打ち負かして、ゆうを手に入れるつもりだったんだけど……これって不戦勝ってことだよね」

「だから、あいつって誰？」

「……覚えてないの？」

「記憶は曖昧《あいまい》なんだ。里のことは覚えてるんだけど、そこにいた天狗たちの顔はぼんやりして
て、名前は全然覚えてない。でも、聞いたら思い出すんだと思う。禄ちゃん思い出したから」

「おお、危ない。名前言うところだった。もう絶対あいつの名前なんて教えない」

「え、教えてよ。ていうか、里に連れていって。そしたらたぶん全部思い出すから」

「じゃあ連れていかなーい。あ、あっちじゃなくて、白い方の里だったら、連れていってもな
んにも思い出さないのかな」

企《たくら》むような悪い笑み。そうだった、そういう悪い顔をする幼児だった。中身は大人と変わら
ないという意味をようやく今理解した。

「天禄坊くん。僕はあの里以外に行く気はないよ」

「じゃあ、拉致《らち》っちゃおっかな」

「は？」

「ゆうは俺の嫁《よめ》にするって、ずっと前から決めてるんだ。そのためにはあいつを倒《たお》さなきゃならないから、泣く泣くゆうと離れて、いけ好かない奴《やつ》のところに修行《しゅぎょう》に行ったんだ。今ならあいつにだって負けない」

「悪いけど……僕は男だよ」

女のふりをして周囲を欺《あざむ》いていたことは覚えている。嫁にするために頑張《がんば》ったなんて言われたら、罪悪感が込み上げる。

「そんなの知ってたよ。胸なかったし。あそこでは女のふりしてた方が安全っていう判断は、間違《まちが》ってなかったと思う」

天禄はあっさりと、こともなげに言った。確かにベタベタ触《さわ》られたし、赤ん坊だと思っていろいろ油断していた。

「あいつはなんでもやることが中途半端《ちゅうとはんぱ》なんだよ。好きならどんな手使ってもかっ攫《さら》えばいいんだ。変に大人ぶってさ。あれは思いやりなんかじゃない、小心なだけだ」

天禄の言っている誰かが、たぶん優眞の意中の人。名前も顔もわからない、大好きな人。

「僕はたぶん、そんな人だから好きになったんじゃないかな」

自信を持って言う。

「ああ、嫌《いや》だ。そういういい顔するんだよね、ゆうって……あいつのこと話してる時。覚えてもないくせに」

「記憶《きおく》はなくても、気持ちはそこにあるんだよ、たぶん。変わらずに」

誰に届けていいかもわからない気持ちが心の真ん中にあって、ずっと優眞を温めていた。

「その気持ち、俺が変えてみせる。今から俺を好きになって、俺の話をする時にその顔をするようになるんだ」

自信満々の宣言は、傲慢《ごうまん》な俺様という感じだったが、優眞の目には、きかん気な子供が意地を張っているように見えた。

「はいはい。でもそれは無理だと思うなあ。全然心がときめかないいんだもん」

「ゆうって……基本優《やさ》しいし甘いのに、たまに容赦《ようしゃ》ないよね。スパンと切り捨てられるんだよ。俺だって傷つくんだぞ！」

「あ、ごめん……」

過去にも天祿をスパンと切り捨てたような記憶がなきにしもあらず。投げ飛ばされる赤ん坊というありえないビジョンが脳裏《のうり》に浮かんだ。投げたのは自分ではない、はず。

「ゆう、行くよ」

「は？　え？　どこに……うわっ」

背後から脇《わき》に手を入れられ、ふわりと身体《からだ》が浮いた。十階のベランダから空中に飛び出せば、世界は一気に広がって、その瞬間《しゅんかん》、条件反射のように気分が昂揚《こうよう》する。

それはたぶん抱《だ》き上げているのが誰でも同じ。単純に空を飛ぶのが好きなのだ。

「ほう……これが天禄が嫁にしたい女か……。女？　この顔、見覚えがあるぞ」

上空から声がして、白いものが降りてくる。それは目の前で止まり、白い指で優眞の顎《あご》を持ち上げた。

白い翼《つばさ》の天狗《てんぐ》。

「天使……」

呟《つぶや》いた瞬間に記憶がよみがえった。前にも確かそう言った。

「そうだ、おまえは見る目がある。私は気高く美しい。天使のようなものだ」

同じようなことを返された気がする。

「天禄、おまえはこれを嫁にするのか？」

「そうだよ」

「ほお。親の嫁を簒奪《さんだつ》とはいい趣味《しゅみ》だ。では私は、それをさらに簒奪するとしよう」

「あんた、本当に下衆《げす》だね」

天禄が侮蔑《ぶべつ》交じりに言い放ち、後ろに飛んで優眞を自称《じしょう》天使から離《はな》した。

「言葉遣《ことばづか》いに気をつけろ。私はおまえの師匠《ししょう》だぞ。誰《だれ》のおかげで強くなったと思ってる」

「あいつの息子《むすこ》を手懐《てなず》ければ一興とか、親子で殺し合えばいいとか、そんなこと考えて育てたんだって知ってるよ」

「その通りだ。しかし男の嫁か。親子でいい趣味だな」

「言っとくけど、親子かどうかなんてわかってないんだからな！」

「おまえは諦《あきら》めが悪いな。似すぎなんだよ。……さて。孕《はら》めない人間などなんの価値もないが……まあいい。元嫁であっても、私に喰《く》われたとなれば、あいつはどんな顔をするか……」

白い天狗は楽しげな笑《え》みを浮《う》かべた。思考にまったく進歩がない。

「そんなこと、俺がさせないから！」

「ほおほお、面白《おもしろ》い。おまえなどまだまだ！　ということを思い知らせてやろう」

白天狗は高く飛び、それを追って天禄も飛ぶ。その途中《とちゅう》で優眞を、マンションの屋上の、そのまた上の給水タンクの上に降ろした。

丸みを帯びたタンクの天井《てんじょう》は滑《すべ》り落ちそうで怖《こわ》い。落ちればマンションの下まで真っ逆さまだ。

白と黒の天狗は空中で対峙《たいじ》し、その双方《そうほう》から白い閃光《せんこう》が放たれた。中央でぶつかってパンッと弾《はじ》ける。

「ちょ、なにしてんの!?　ここでするのはやめて！　その光、危ないから！」

ほんの一筋飛んでいっただけで、大きな木が根こそぎ吹《ふ》っ飛ばされる。そんな光景が脳内にフラッシュバックする。

吹っ飛んだ木を見て、悔《くや》しそうに舌打ちした誰か。自分は抱きしめられていて、護《まも》られて安心だった。

「やめろってんの！」

優眞は給水タンクの上に立ち上がり、大声で制する。それしかできないのが悔しい。あの二人を止めないと大変なことになる。あれがもし人間に当たれば、絶対に死ぬ。

「禄！　やーめーろーっ！」

声の限り叫《さけ》ぶ。こんな大きな声を出したのは生まれて初めてかもしれない。

天禄が一瞬《いっしゅん》、こっちを向いた。そこに容赦ない一撃《いちげき》。大きな光の束。

「あ、危な——」

天禄は寸前で両手をかざし受け止めたが、圧に耐《た》えきれず吹き飛ばされた。それを心配する余裕《よゆう》はない。弾《はじ》かれた光の一筋がこちらに向かって飛んできた。

給水タンクの上に逃《に》げ場はない。あの光が直撃《ちょくげき》すれば死ぬ。飛び降りても死ぬ。一瞬の二者択一《たくいつ》。次の瞬間、優眞は躊躇《ちゅうちょ》なく飛んでいた。

真っ逆さまに落ちる。

「ゆう！」

吹っ飛ばされた天禄が、空を蹴《け》って、落ちていく優眞に向かって一直線に滑空《かっくう》する。

それを弾丸《だんがん》のような黒い影《かげ》が追い越《こ》し、地面すれすれのところで優眞を攫《さら》った。

逞《たくま》しい腕《うで》に抱き留められた瞬間、優眞の記憶の扉《とびら》が完全に開いた。紗《しゃ》がかかっていた部分はクリアになり、穴が空いていたところは埋《う》まる。

抱かれて空を飛びながら、パンドラの箱を開けたように、記憶が次々と噴《ふ》き出してきた。そして最後に残ったもの。

「天雫さんの馬鹿《ばか》！」

優眞は自分を抱く、その男にしがみついた。もう二度と絶対に放さない、と。

「いきなり馬鹿か……。そんなの初めて言われたな」

ニヤッと笑う。鋭《するど》い瞳《ひとみ》の男前。

ああ、この顔だ。この身体だ。嬉《うれ》しくなって抱きしめる。

「優眞、ちょっとだけ離れてろ」

「嫌だ」

「ちょっとあの愚《おろ》か者どもを再起不能にしてくるだけだから」

天雫は優眞を屋上に降ろそうとするが、離れない。

「離れないよ。再起不能にするのも駄目《だめ》」

「なぜだ？　おまえ、死ぬところだったんだぞ」

「ここでやったら巻き込まれる人が出るかもしれないでしょ」

「俺はそんなに抜《ぬ》けてない。一撃できれいに片付ける」

天雫は空中に浮いている白天狗と天禄を睨《にら》みつけた。

「ほお、言ってくれるではないか。この私を一撃で、などと――」

た。

白天狗が腕を組み、斜《なな》め上から天雫を睥睨《へいげい》して言う。しかしその言葉は天雫の一撃に奪《うば》われた。

天へ向かって放たれた金色の閃光。雷《いかずち》をまとった龍《りゅう》が、暗くなった空を割って天に昇《のぼ》った。

優眞の目にはそう見えた。

そんなものを天雫は、片手で生み出したのだ。

「俺は今、ものすごく怒《おこ》ってる。おとなしく引け」

大きな黒い翼は限界まで広がり、ピクリとも動かない。怒《いか》りがその羽の先まで満ちている。

「天雫……おまえ、どこでなにをしていた？」

そう問いかけた白天狗の顔は、心なしか青ざめているように見えた。天禄は少し離れたところで、口を尖《とが》らせて拗《す》ねたような顔をしている。

「ストイックに悶々《もんもん》と修行《しゅぎょう》していた。この三年、力だけを磨《みが》いていた。俺としてもこの力、試《ため》してみたい気持ちはある」

挑発的《ちょうはつてき》に言い放てば、プライドの高そうな白天狗は戦意を復活させる。

「受けて立とう」

天雫はニッと笑い、優眞を引き剥《は》がそうとしたが、優眞は意地でくっついて離れなかった。

「優眞……」

「離れないったら離れないよ！」

「子供みたいな駄々《だだ》をこねるな」

「子供みたいなのはどっちだよ！　天雫さんに自信があっても、なにが起こるかわからない。こんなところでこんなことしちゃ駄目だってわかるだろ!?」

強く叱責《しっせき》すれば、天雫は渋《しぶ》い顔になった。

「おまえに説教される日が来るとは……」

「なんだ、もう尻《しり》に敷《し》かれてるのか？」

白天狗は、いかにもくだらない、というように鼻で笑った。

「うるさい。輝甚、手合わせしてほしいなら、俺がそっちの里へ出向いてやる。里ひとつ潰《つぶ》してしまうかもしれないけどな。天禄、おまえに出る幕はない」

ついでのように言われた天禄は、憤怒《ふんぬ》の形相で飛んできたが、まだまだ迫力《はくりょく》不足だ。

「あんたなんて——ゆうのこと手放したくせに、なんで戻《もど》ってきてんだよ！」

「最初から迎《むか》えに来るつもりだった。世の中には子供にはわからないことがいろいろあるんだよ。ああそうだ、おまえ——」

天雫は指を空中でピンと弾き、その圧で天禄は飛んでいく。後方にくるくると二回転ほどして止まった。

「な、なにすんだよ！」

「優眞に触《ふ》れた罰《ばつ》だ」

「見てたのか⁉」

「見てはいない。感じたんだ。優眞の感情が大きく振《ふ》れると伝わるようにしてある。それで駆《か》けつけてみれば……まあそのおかげでギリギリ間に合ったんだが、そもそも危険に晒《さら》したのはおまえだしな。優眞、なにされた？」

「え⁉　あ、いや、えーっと……」

言い淀《よど》む。なんだか告げ口するようで気が進まない。

「どうせこいつのすることなんて、不意打ちのキスくらいだろう、ガキめ」

正解だ。

「ガキじゃねえよ、クソじじい！　絶対、絶対絶対！　ゆうは俺のものにするんだからな！」

「やってみればいいさ」

天雫は馬鹿にしたように鼻で笑った。

「天雫さんって……わりと子供っぽいよね」

優眞は天雫に抱《だ》きついたまま、ボソッと呟《つぶや》いた。

余裕ぶって見せているが、子供相手にかなりムキになっている。勝負事なんてどうでもいいふうを装《よそお》いながら、負けるのはとにかく嫌《きら》いなようだ。そういうのが見えるのは、きっと自分が大人になったからだろう。

そっと見上げれば、天雫が睨んでいた。

「へへ」

　笑ってごまかす。

「へへ、じゃねえよ。もう可愛《かわい》さでごまかせる歳《とし》は過ぎてるぞ」

「ひどい。僕、もう可愛くない？」

　詰《つ》め寄れば、翼《つばさ》がバサバサと二回ほど揺《ゆ》れた。

「まあ、可愛くなくもないが……。もう大人なんだろ？　俺は大人は甘やかさない」

「いいよ。これからは僕が甘やかしてあげる」

　なにを言われても嬉《うれ》しくてにこにこ笑いが止まらない。可愛くなくても、天雫は来てくれた。大人だと認めてくれた。

「ダメだ……あざといと思っても、可愛く見える」

　天雫は眉間《みけん》に皺《しわ》を寄せ、深々と溜息《ためいき》をついた。

「くだらないものを見てしまった……。私は帰るぞ。天禄、おまえは故郷に帰るか？」

　輝甚は天禄に声を掛《か》けた。

「いや。しばらくこのイチャイチャを見せられるかと思うと……。倦怠期《けんたいき》の頃《ころ》を見計らって攫《さら》いに行く」

　二人は飛び去ったが、残った二人はそんなことは気にもしていなかった。

「優眞……帰るか？」

天雫は真っ直《す》ぐに優眞を見て問いかける。

「うんっ！」

優眞は迷うことなく返事した。

「あ、でもちょっと待って。お父さんには言っていきたい」

「ああ、父親か……和解したんだよな？」

「うん。だから、お別れは言っていきたいんだ」

「そうか」

「大人でしょ？」

自慢《じまん》げに言った優眞に、天雫は苦笑《くしょう》する。

「ああ、そうだな」

屋上に降りて、立って向き合う。天雫の唇《くちびる》が近づいてきて、優眞はそれを喜んで受け入れた。

屋上は本来立ち入り禁止の場所なので、誰《だれ》も入ってこない。山の端《は》の茜色《あかねいろ》も消え、眼下の景色はすっかり夜のものに変わっている。

唇と唇が触れ合った瞬間《しゅんかん》、優眞の全身は悦《よろこ》びに包まれた。優《やさ》しいキスの後、嚙《か》みつくような激しいキスが降ってきて、必死に応《こた》えた。

ジンと痺《しび》れるような快感に包まれて身を震《ふる》わせる。

間違《まちが》いない、これが自分が待っていた人。望んでいたもの。もう二度と放さない。

抱きしめてぴったりとくっつく。未《いま》だ身長差は二十センチほど、プラス高下駄《たかげた》なので、優眞はぶら下がるような感じだったが、夢中になってくっついた。

天雫の唇が首筋へと滑《すべ》り、皮膚《ひふ》の柔《やわ》らかいところを吸われてピクッと反応する。

ああ、ゾクゾクする……。優眞は焦《こ》がれていたものを与《あた》えられ、じわりと目頭《めがしら》が熱くなるのを感じた。

空を向いてフーッと細く息を吐《は》き出し、込み上げてくる熱い想《おも》いを散らす。そうでもしないと泣いてしまいそうだった。

「優眞……止めないと、ここでこのままやってしまうぞ」

視界で翼がファサッとはためいた。

「え？」

そうだ、天狗《てんぐ》は屋外なんてなんとも思わないのだった。たとえ見られたって平気なのだ。

おかげで涙《なみだ》は引いた。が、優眞はクスッと笑った。

「いいよ……」

「え？」

今度は天雫が疑問符《ぎもんふ》を打つ。

「僕は天狗の里に嫁入《よめい》りするから、郷に入っては郷に従うよ」

「別に外でやるのが里の流儀《りゅうぎ》ってわけじゃないんだが……今はその覚悟《かくご》、ありがたい」

天雫はニッと笑い、高下駄を脱《ぬ》ぎ捨てた。優眞の首筋に口づけながら、平らな胸板《むないた》を撫《な》で回す。

優眞が今着ているのはチェックのシャツとゆるめのセーター、そしてジーンズ。天雫の腕《うで》が細腰《ほそごし》を抱き、片手をシャツの裾《すそ》から入れて、直《じか》に胸に触れた。

ビクッと震えたのは寒さのせいではなかったのだけど、

「寒いか?」

と、問われて思い出す。ベランダにそんなに長居するつもりはなかったから、二月の屋外に出るには薄着《うすぎ》だった。

歌を聴《き》いて天禄が現れ、それからは怒濤《どとう》の展開で、まだ少し夢を見ているようだった。それでも気分が昂揚《こうよう》しているせいか、あまり寒さは感じていない。

「ん……少し、だけ。でも大丈夫《だいじょうぶ》」

優眞ももう止めてほしくなかった。きっと抱き合っていれば大丈夫。

しかしほのかに空気が暖かくなった気がした。

「周囲の空気を少しだけ暖めた」

「え!?　そんなこともできるの?　……天狗って、万能《ばんのう》だね」

感心を通り越《こ》して空恐《そらおそ》ろしくなる。そういえばさっき見た雷光《らいこう》も、まるで神の御業《みわざ》だった。

「自然の理《ことわり》を知って、操《あやつ》る力をほんの少し与えてもらっているだけだ。万能なわけではない」

天雫は喋《しゃべ》りながらも唇を離さず、肌《はだ》の上を滑らせる。ひとときも離れない。

「ん……んっ……」

胸の上を撫でていた指が、普段《ふだん》は潜《もぐ》っている優眞の感じるところを指先で掘《ほ》り起こす。

「ここ、自分で弄《いじ》らなかったのか？」

「し、しないよ……そんな」

「でも下は、してたよな？」

「な、なんでそんなことっ」

自慰《じい》は週に一度と決めて、それを律儀《りちぎ》に守っていた。するたびに、なにかが足りないと思って、でもそれがなにかはわからなくて悶々《もんもん》として。自分はとんでもない淫乱《いんらん》なんじゃないかと疑った。

もっと気持ちいいことを知ってる――そう思う自分が怖《こわ》かった。

自分には記憶《きおく》の抜《ぬ》け落ちている部分がある。自分がなにをしていたかわからないから、自分を肯定《こうてい》しきれない。それがどれだけ不安なことだったか。

なにせ天狗同士が外でいたしているのを見た記憶は残っていたから。自分もそういうことをしていたのではないかと、疑わずにいられなかった。

実際はたった一度天雫と肌を合わせただけだった。その一回が強烈《きょうれつ》すぎたのだ。

「おまえの感情が大きく振《ふ》れると伝わる……と、言っただろう？」

「大きく振れるって、そういうのも？　じゃ、じゃあ見てたの⁉」

優眞は真っ赤になった。天雫と性交したことはもう思い出したが、それと自慰を見られたのとでは恥《は》ずかしさの種類が違《ちが》う。

「いや、見ると手を出したくなるから、まあ、なんというか……俺も耐《た》えてたんだよっ」

天雫はちょっと困ったような顔になって、最後にはぶすくれて吐き捨てた。

「なにそれ、逆ギレ⁉　なんだよそれ、なんだよ……」

空気なんて暖めてもらわなくても全身が熱い。

「感じてるおまえを思い出して、俺もやってたんだよ、ひとりで。誰も抱《だ》いてない。それで許せ」

優眞の胸に顔を付け、たくし上げた服で顔を隠《かく》すようにして天雫は言った。天雫もなにか恥ずかしそうだ。

「誰も？」

「ああ」

「じゃあ許して……やらなくもないけど、でも、僕は記憶がなかったんだよ？　不公平だ」

恥ずかしさが収まらない。ちょっと怒《おこ》ってもいる。ずっと欲求不満《よっきゅうふまん》で、まさか父親の変態の血が……なんてことまで思ったのだ。

「その分もこれから可愛《かわい》がってやる。感じさせてやるよ」

「そんなことじゃ……な、ぁ……や、あ、それ、ダメェ……」

立ち上がった胸の粒《つぶ》を甘噛《あまが》みされ、身体《からだ》がビクッと跳《は》ねる。先端《せんたん》を舐《な》められると身体の内側が潤《うる》んで、下半身に熱が集まった。

もっと責めたいのに、口を開くと喘《あえ》ぎ声になってしまう。

「天雫さ……待って、まっ……あ、ぁんっ」

「待てない。俺だっていっぱいいっぱいだった。おまえが楽しそうに生活していれば、嬉《うれ》しいのに不安になって。もう俺の元には帰ってこないかもしれない……なんてことを思ったりもして」

驚《おどろ》いた。天雫は胸に顔を落としたまま、優眞の顔は見ずに愛撫《あいぶ》しながら話をする。

「じゃあ……もっと早く迎《むか》えに来てくれれば、よかった、のにっ」

「二十歳《はたち》の誕生日に、迎えにいくつもりだった」

やっと天雫がこちらを見た。闇《やみ》の中にもそのグレーの瞳《ひとみ》は不思議な光を放つ。懐《なつ》かしい。

「昨日？　なんで来なかったの？」

「行った。でも、父親に祝ってもらっていただろう。とてもそこに乗り込む気には……おまえはとても幸せそうだった」

「見てたんだ」

「ああ。大学でも、女にもモテてたし、楽しそうにやっていた。大学を卒業してからにするか、とも思って……迷っていたら、天禄が」

「天雫さんって……案外ヘタレ？」

「は？」

ムッとした顔になったのを見て、なんだか嬉しくなる。子供の時は、ぶっきらぼうであまり感情を表に出さないように見えていた。でも今は同じ目線で見ている感じがする。

優しさと臆病《おくびょう》さと、強さと激しさ……天雫のいろんな部分が見えて、前よりずっと愛《いと》おしい。

「禄ちゃんは孝行息子《むすこ》だね。踏《ふ》ん切りを付けさせてくれて」

「俺はあいつを息子だと認めていない」

それを聞いて噴《ふ》き出す。絶対親子だ。間違《まちが》いない。

「優眞……大人になったというか……図太くなったか？」

声は呆《あき》れていたが、目は優しかった。口づけも優しく、優眞は応えながら、その背に手を回し、翼《つばさ》の付け根を撫でた。

天雫がビクッと動きを止め、優眞と視線を合わせて、眼差《まなざ》しを鋭《するど》くした。

「そういうことをすると、泣く羽目になるぞ」

天雫はずっと、泣く子供は嫌《きら》いだ苦手だと言っていた。

「いいよ、泣かして？」

小首を傾《かし》げて甘く見上げる。

泣かせてくれるのは、大人になったと認めてくれたから。だからいくらでも泣かせてほしい。

「おまえ……本当に、たちが悪くなった」

天雫は苦笑《くしょう》して、また胸に顔を落とした。

「ん……嫌いに、なる？」

自信と不安、六対四くらいで問いかける。

「なるわけない。言っただろう？　なんでも言いたいことを言え。したいようにしろ。我慢《がまん》はしなくていい。俺ももう、しない……」

天狗《てんぐ》は基本的に我慢をしない。嫌いな者に手は出さない。でも天雫は我慢してくれていた。それは、子供だった自分のため。護《まも》られていた。ずっと。

「好き。愛してる……僕は絶対、一生あなただけ」

本当に心から言いたいことはそれだけだった。

たとえ嫌われたって捨てられたってそれは変わらない。

「ああ、俺もだ」

「フフ……」

思わず笑いが零《こぼ》れた。嬉しくて。幸せで。

あの日、ベランダで吐《は》いた息は真っ白だった。手足はかじかんで、細胞《さいぼう》が死んでいくことに恐怖《きょうふ》も感じなかった。死ぬことは救いだと思っていた。

今日、零れる息は白くない。もしかしたらピンク色かもしれない。指の先まで熱くて、身体の中にマグマを飼っているようだ。天雫に触《ふ》れられるたび、それが身体の中で暴れる。

もっと生きたい。

絶対に死にたくない。

神様がもう終わりだと言っても、わがままを言って天雫のそばにいたい。

後ろを向かされ、屋上の縁《へり》の高くなったところに手をかける。上の衣服はすでに剝《は》ぎ取られ、ジーンズは半ばまで下ろされた。

前をくちゅくちゅ擦《こす》る音が、どこに反響《はんきょう》することもなく空へ抜けていく。恥ずかしさも溶けていく。

背中に唇《くちびる》を這《は》わされ、のけぞって声を上げた。男にしては高めの喘ぎ声も、大気中に溶《と》けて消えていった。

外でやると自分も動物だという気分になって、これも自然の営みなのだと思える。まったく生産性のない、禁忌《きんき》にすら触れているような異種族の交わりだというのに。

「あ……あぁ……好き、好き……」

その言葉ですべてが肯定される気がする。

いや、否定されてもかまわない。

「優眞……」

天雫が受け入れてくれるなら、他《ほか》のなんの許しも必要としない。

「は……ぁ、あ、あぁっ……もう、ダメ……」

足に力が入らなくて、膝《ひざ》が折れそうになる。くずおれそうになった腰《こし》を天雫が抱き上げ、その狭間《はざま》に熱い昂《たか》ぶりを押しつけてくる。

「あ、あ……入れて、欲し……」

優眞のものを握《にぎ》って擦りながら、天雫は尻《しり》の谷間に押し当てたものを上下に擦りつける。

「いいよ、入れて……」

振《ふ》り返ると、大きな黒い翼が広がっているのが見えた。闇にも艶《つや》やかな、逞《たくま》しい翼。

これは、僕の翼……そう思った。

「入れたら、もう放せない、帰してやれない。それでもいいか？」

この期《ご》に及《およ》んでそんなことを訊《き》いてくる。

「もう我慢しないって言ったくせに……。甘やかさなくていい。僕はもう子供じゃないから。生きていくことに、自信満々なんだ……後悔《こうかい》なんて、しないよ」

一緒《いっしょ》に行く、どこへでも。

その言葉に促《うなが》され、天雫の楔《くさび》が優眞の中に穿《うが》たれた。熱いものを受け入れた優眞は、背をのけぞらせ、潤んだ目で街の灯《ひ》を見下ろす。

その光の数だけ人の生活がある。みんな幸せならいい……そんなことを思った。

「天雫さ……、あ、ぁ……僕、嬉《うれ》し……すごく。すごく、気持ちい……」

この幸せをみんなに分けてあげたい、そんな気分なのだ。

「優眞……後悔はさせない。俺が、おまえを……全力で、生かす」

天雫は背後から優眞の細い身体を抱《だ》きしめ、誓《ちか》いを立てるように深く深く楔を突き立てた。

「あ、もう……イクッ、イッちゃう……」

なによりも天雫の誓いの言葉に感じて、肌《はだ》がゾクゾクと粟立《あわだ》った。少しも堪《こら》えられずに勢いよく精を放つ。

白いものが放物線を描《えが》いて落ちていくのを見た。身体を震《ふる》わせて、天雫の腕《うで》にすべてを預ける。

「優眞……もう少し頑張《がんば》れるか？」

腰をしっかりと抱《だ》いて胸を撫《な》でながら、天雫は優眞の耳元に問いかけた。

「うん。努力する」

ぐったりしながらも笑《え》みを浮《う》かべ、優眞は振り返った。そこに好きな人がいる幸せ。

「まあ俺も、そんなに長くは保《も》たない……」

その熱く激しい楔を、若干《じゃっかん》無理してギュッと包み込んだ。

「ンッ……おまえ……そんな努力は、しなくて、いい……」

天雫は腰を激しく動かしながら、唇を笑みの形にして、優眞の白い首筋に口づける。

「優眞……俺の嫁《よめ》はおまえだけだ」

激しい腰使いに優眞は返事もままならず、ただ何度もうなずいた。

バサッと大きく翼が開かれ、天雫は顎《あご》を上げて目を細める。唸《うな》りのような声と共に、熱い誓いの証《あかし》が放たれた。

優眞の中へと。

優眞はそれをしっかりと受け止め、幸せな花嫁の笑みを浮かべた。

終　二十歳の少し後

家の中に移動して、優眞はシャワーを浴びた。

きっとシャワーなんてこれが最後だと思うと、少し名残惜《なごりお》しい。里の生活は不便極《きわ》まりない。

しかしだからといって、行きたくないとはチラッとも思わなかった。

国際結婚《けっこん》のようなものだ。愛する人のいるところが自分の居場所。

だからそれを父に告げる。

時刻は七時。以前ならそろそろ帰ってくる時間だが、部署異動になって帰ってくる時間はまちまちになった。それでもあまり遅《おそ》くはならない。

「ねえ、天雫さん。なんで記憶《きおく》を消したの？　僕はずっとモヤモヤして、ずっと欲求不満《よっきゅう》みたいな感じだったよ」

待ちの時間に優眞は天雫に不満をぶつける。

「残してやっただろう。本当は里での記憶は全部消すべきだったんだ。でも、それをしたらおまえは、辛《つら》い記憶だけを持った子供に戻《もど》ってしまうかもしれない。だから約束通り、生きるのに必要なくらいの記憶は残しておいた。あれが妥協点《だきょう》だったんだよ。俺はどうもおまえに甘い……」

不本意という顔。天雫は「いい加減な風来坊《ふうらいぼう》を気取りたい真面目《まじめ》天狗」なのだ。天狗の中では異端《いたん》で、でも長《おさ》には相応《ふさわ》しいのかもしれない。

「甘いなら、もっと甘くしてくれればよかったのに。中途半端《ちゅうとはんぱ》なんだよ」

「確かに。それは俺自身、忘れてほしくない気持ちが強かったからだろう。中途半端になったのは、俺のエゴだ」

それはちょっと嬉《うれ》しい。背もたれのないスツールに腰かけている天雫の背後から甘えるように覆《おお》い被《かぶ》さる。翼《つばさ》はちょっと邪魔《じゃま》だ。

「ずいぶん器用なことができるんだね。天雫さんのことはきれいに消しちゃうとか」

「普通《ふつう》の天狗はできないぞ。そんなことができるのは俺くらいだ」

「なに、自慢《じまん》？　でも、誰《だれ》か大事な人がいたとか、覚えていたのは僕の努力の賜《たまもの》だと思う」

自慢で返す。子供っぽいやり取り。完全に全部大人になるなんてないのかもしれない。

「俺のことを覚えていたらおまえは意地になるだろう。それじゃ意味がなかった。俺のことを忘れて人間界に馴染《なじ》むことができたら、大人になった頃《ころ》には里に帰りたいという気持ちもなくなっているかもしれない。実際おまえは自由を満喫《まんきつ》して、いるべきところで笑っていた。その上でおまえに選ばせるつもりだった。それでも里に帰りたいか、人間界に残りたいか」

「人間界に残るって言われたら、引き下がるつもりだったの？」

「まあ……そうだったかもしれないし、違《ちが》ったかもしれない」

「有無《うむ》を言わせず攫《さら》ってくれればよかったんだ。天雫さんならそれでよかった」

でも、それをしない天雫だから好きなのかもしれない。ちゃんと話を聞いてくれる。自分には甘くて、大概《たいがい》のことは聞き入れてくれるのに、最後のところは折れない。

「じゃあ、攫っていくか」

「うん、攫って」

優眞は前に回って抱きつき、膝の上に乗る。抱き合ってイチャイチャしながら、人間流の子供を嫁にもらう時の挨拶《あいさつ》の仕方を教える。

「でもおまえ、息子《むすこ》だろう？」

「いいんだよ、息子でも嫁に行くんだから。お父さんはちょっと後悔するかもね。育て方を間《ま》違《ちが》ったって」

「少しも笑えないな」

ブラックジョークも甚《はなは》だしい。でも別に嫌《いや》みではないのだ。父親のしたことを正当化することはないけど、今があるから全部笑い飛ばせる。

帰ってきた父親は、天雫を見て目を丸くして驚《おどろ》いた。それでも優眞から話を聞いていたから、「その節はどうもお世話になりました」などという正しいのか正しくないのかわからない挨拶をした。如才《じょさい》ない。大人の対応。

昔からその場凌《しの》ぎの嘘《うそ》は上手だったなと思い出す。

逞しい天狗《てんぐ》と手を繋《つな》いでいる息子を見る気分は如何《いか》ばかりか。父親には大きな負しがあるとはいえ、少しばかり気の毒になった。

しかしもう二十歳《はたち》を過ぎた。生涯《しょうがい》をかけてついていきたいと思える人を見つけた。

優眞は天雫の肘《ひじ》を小突《こづ》いて促す。

「息子さんを嫁にください」

天雫はきっと、そんなことを言った初めての天狗だろう。

目を丸くした父は笑い出し、そして泣き出し、「幸せにしてやってください」と言った。

最後まで如才ない。

「ありがとう。お世話になりました、お父さん。お元気で」

旅立ちはベランダから。寒空の下、黒い大きな翼の者に抱かれて飛び立つ。ポカンと見上げる父に手を振って、天雫の首にしっかりと腕を回した。

もう絶対、離れないと。

遠く眼下に街の灯を見つめ、山の彼方《かなた》に向かって黒い翼は悠々《ゆうゆう》と飛ぶ。

今度こそ本当に天狗の里に嫁《とつ》ぐ。自分らしく生きるために。

あとがき

こんにちは。作者の李丘那岐《りおかなぎ》です。

この度は『黒天狗《くろてんぐ》の許嫁《いいなずけ》』をお手にとっていただき、誠にありがとうございます。

今回、天狗とか、許嫁とか、可愛《かわい》い受けとか、慣れないことをやると地獄《じごく》を見るんだぜ！ ということが、身に染《し》みてよーくわかりました。周囲の皆様《みなさま》を地獄の道行に引きずり込みましたこと、深くお詫《わ》び申し上げます。もうこのページに筆文字で大きく「土下座」と書くのはどうだろう？ と思ったのですが、読者様にはなんのこっちゃ、ですよね。

なんとか拙《つたな》いなりに、とろくさいなりに、頑張《がんば》って書き上げました。この本が出るのは、関係各位がギリギリのところで踏《ふ》ん張ってくださったおかげです。感謝です。

天狗とかね、イラストレーターさんは大変だろうなと思うわけです。でも私の貧困《ひんこん》な想像力の遥《はる》か上を行く格好いい絵が上がってくるんです！「子供可愛い受け」が「大人きれい受け」になったって書いたら、ちゃんとそういう絵が!! 私は、アメージング！ と、素《す》で叫《さけ》びましたよ。北沢《きたざわ》きょう様、今回も素敵《すてき》なイラストをありがとうございました。

個人的には、天禄がどんな大人になるのか、とても心配です。打たれ強いのは間違《まちが》いないと思うんですが。

それでは、最後までお読みいただきありがとうございました。ほんの少しでも楽しい時間を共有できましたならば幸いです。

ああ、私も翼《つばさ》が欲しいなあ……。

あ、感想も欲しいなあ……。

どさくさ紛《まぎ》れに欲望《よくぼう》を吐露《とろ》してみたり。

もっともっと楽しい話を書けるよう、無理……じゃない、努力してまいりますので、ぜひまた手にとってやってくださいね。いっぱいの感謝と幸福をあなたに。

二〇一五年　寒空に街の光がキラキラの東の京にて

李丘那岐

KADOKAWA RUBY BUNKO

黒天狗《くろてんぐ》の許嫁《いいなずけ》

李丘那岐《りおかなぎ》

角川ルビー文庫　R171-2　19051

平成27年3月1日　初版発行

発行者——堀内大示
発行所——株式会社KADOKAWA
東京都千代田区富士見2-13-3
電話(03)3238-8521(営業)
〒102-8177
http://www.kadokawa.co.jp/
編　集——角川書店
東京都千代田区富士見1-8-19
電話(03)3238-8697(編集部)
〒102-8078
印刷所——暁印刷　製本所——BBC
装幀者——鈴木洋介

落丁・乱丁本は、送料小社負担にて、お取り替えいたします。KADOKAWA読者係までご連絡ください。(古書店で購入したものについては、お取り替えできません)
電話 049-259-1100 (9:00～17:00/土日、祝日、年末年始を除く)
〒354-0041　埼玉県入間郡三芳町藤久保550-1

ISBN978-4-04-102850-6　C0193　定価はカバーに明記してあります。